人狐一家親 11

夢中的森林茶會

富安陽子 著

大庭賢哉 繪　林冠汾 譯

農星出版

目錄

人狐一家親11
CONTENTS

登場人物介紹

信田結（小結）……長女，小學五年級，擁有可以聽到風之語能力的「順風耳」。

信田匠（小匠）……小結的弟弟，小學三年級，有可以看到過去和未來的「時光眼」。

信田萌（小萌）……家中的小女兒，具有可以傳達人類以外生物語言的「魂寄口」。

信田幸（媽媽・阿幸）……不顧狐狸家族的反對，堅持和人類爸爸結婚的可靠媽媽。

信田一（爸爸・阿一）……大學植物學教授，豁達開朗又溫柔，總是被每個狐狸親戚惹得頭痛不已。

夜叉丸（夜叉丸舅舅）……媽媽的哥哥，自尊心強又吊兒郎當。狐狸家族的麻煩人物。

季（小季）……媽媽的妹妹，變身高手。聽到小結他們叫她阿姨，就會不高興。

家族關係圖

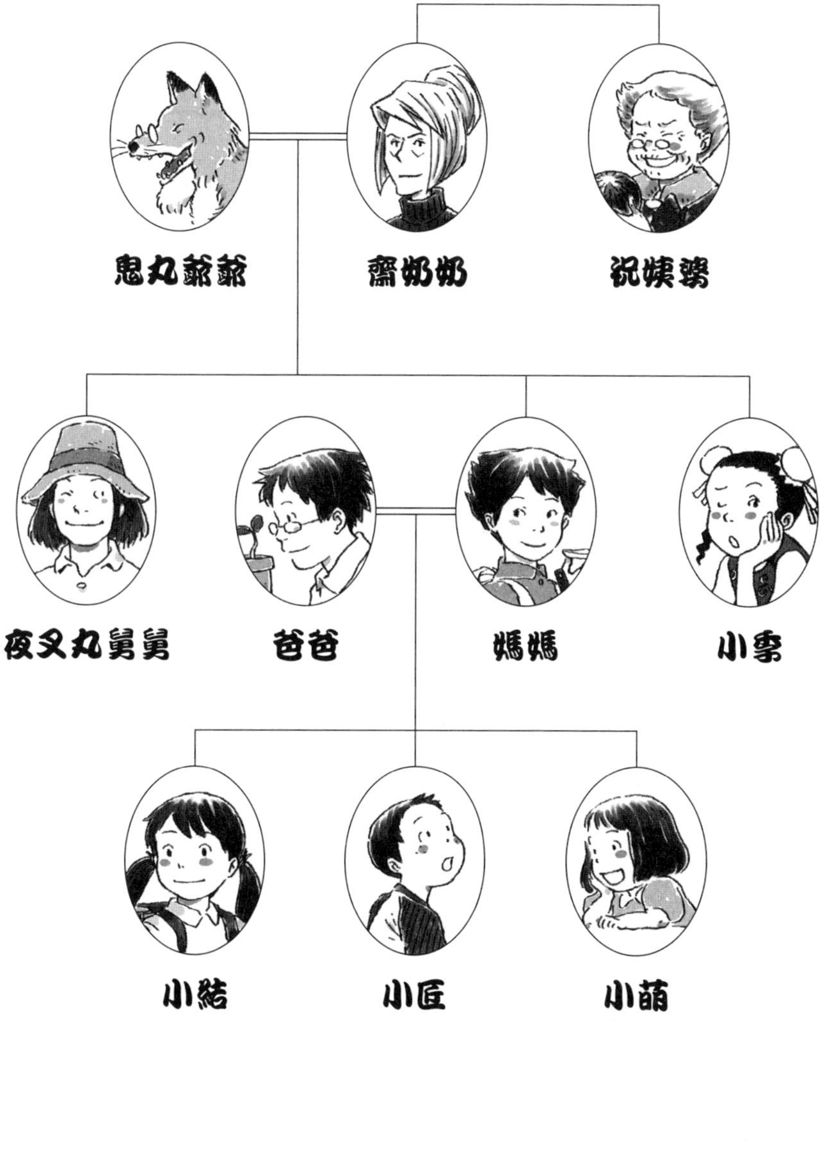

梅子滾啊滾

小結和奶奶一起摘梅子，長在爺爺奶奶家院子裡梅樹上的梅子。爺爺和奶奶指的是小結爸爸的父親和母親，他們兩人住在一個叫門前町的地方，門前町距離小結一家人所居住的城市相當遙遠。

每年從院子裡摘下梅子後，奶奶都會做成醃酸梅寄給小結她們。不過，今年倒是小結頭一遭跟著奶奶一起摘梅子。

梅雨紛紛的淡墨色天空底下，院子裡的梅樹長出茂密翠綠的葉子。茂密的綠葉背後，隨處可見泛起淡綠色光芒的梅子結在樹上。

「今年大豐收呢！」如奶奶所說，小結摘了又摘、摘了又摘，梅樹上還是結實纍纍。奶奶和小結各自夾在腋下的竹籃裡，轉眼間便滿滿都是圓滾滾的現摘梅子。

小結正打算再摘一顆碩大的梅子時——

「喂——」遠處傳來微弱的聲音。

小結朝向眼前樹枝伸出的手停在半空中，微微豎起耳朵聆聽。

「喂——」

聲音再次傳來。因為距離太遠了，小結聽得不是很清楚，但聽起來似乎是個男人的聲音。

不知為何，那聲音讓小結無法平靜。對方好像就是在呼喚她，使人不禁忐忑不安起來。

「喂——」

風兒像是要掩蓋第三次傳來的聲音般，從梅樹的樹梢吹拂而過。

樹枝隨風搖曳，綠葉沙沙作響，藏在綠葉背後的梅子也隨之晃動。

雖然小結豎耳傾聽，但已沒有任何聲音傳來。小結猛力甩甩頭，重新振作精神後，再次朝向剛剛沒有成功摘下的碩大梅子伸出手。

小結的指尖碰觸到枝頭上那顆碩大梅子，就在那一瞬間——

詭異的事情發生了。原本長得圓滾滾，泛著翠綠色光澤的梅子，突然蜷縮變得皺巴巴的。

這豈不是跟醃酸梅沒什麼兩樣嘛！

小結大吃一驚，急忙縮回碰觸到皺巴巴梅子的那隻手。

「怎麼會這樣？」

這奇妙的狀況讓小結忍不住歪起頭，她不經意地低頭看向竹籃時，更是嚇壞了。

「咦？」

不知不覺，竹籃裡的所有梅子竟然也都變得又皺又乾扁的！

小結從樹枝摘下梅子時，明明每顆青梅確實都是鮮嫩光滑，長得圓滾滾的，現在卻全都變了樣，一顆顆皺巴巴的梅子堆疊在竹籃裡。

小結覺得心裡發毛，連忙把竹籃裡乾扁的梅子往地面上傾倒。

奶奶停下摘梅子的動作，看向小結。

「奶奶，這些梅子……」

小結話說到一半時，奶奶便投來微笑，溫柔地點點頭說：

「沒事、沒事。不小心掉出來就算了，不用特地撿起來。反正樹

上的梅子還多得很。」

小結因為奶奶沒搞清狀況的話語而感到煩躁。

我又不是不小心掉出來。是因為梅子變得皺巴巴才丟掉的！剛剛還光滑亮麗的梅子突然全部變得皺巴巴，我才丟掉的……

小結在心裡默默抗議著，但奶奶一心專注地摘著梅子，早忘了小結的事。

小結抬頭看向梅樹，只能準備重新開始摘梅子。

小結從底下仰望綠葉背後時，看見還有數不清的梅子垂在樹梢上。四面八方都看得到淡綠色的梅子搖來晃去，那模樣簡直像在說：

「快來摘我！快來摘我！」

看我的！

小結重新抱起剛剛清空的竹籃，再次展開摘梅子行動，好追上落後的進度。然而——

這到底是怎麼回事？

小結的指尖只要一碰觸到光亮的青梅，每顆青梅就會立刻像消了氣的氣球一樣乾扁。小結還來不及摘下，青梅早已經在枝頭上凋萎，並且瞬間褪色。

為什麼？**怎麼會這樣**？**這是怎麼回事**？

小結慌張不已，但慌張也無濟於事，梅子一顆接著一顆在她的指尖處萎縮泛黑。竹籃依舊空空如也。

然而，奶奶埋首摘著梅子，似乎完全沒注意到小結慌張的神態。

小結一觸摸梅子就會萎縮，但那些梅子由奶奶摘下時，反而顯得格外光亮。奶奶的竹籃裡已經滿滿都是又圓又大的青梅。

為什麼只有我會這樣？**為什麼我一摸**，**梅子就會萎縮**？

小結心情低落得想落淚，她環視梅樹的樹梢。

小結發現右側有一根樹枝長得粗大，其枝頭上結出的梅子比其他梅子大上一圈，也美上一倍，於是她深呼吸一口。

這次一定可以的！

小結迅速伸出手，緊緊抓住枝頭上的梅子。

「啊！」

梅子沒有萎縮！這次非常順利！即便被小結用手抓住，那顆梅子也沒有變皺，依舊光亮無比。

「耶！」

小結心情受到鼓舞，從枝頭上摘下手中的梅子時——

也許是彈力的關係，摘下的梅子從小結的指尖滾落到地面上。從樹枝上脫落的梅子，掉到小結腳邊的土壤上輕彈了一下後，滾了起來。小結一臉訝異地看著梅子愈滾愈遠。

「啊！別跑！」

小結回過神來，急忙追著滾遠的梅子跑去。小結以為一下就能追上，但不知怎地，眼前的梅子愈滾動愈快。照這狀況看來，地面似乎是個斜坡。

梅子滾啊滾的，滾啊滾的。

小結看著就快追上梅子了，卻又追不上；手就快要摸到了，卻又摸不著。

梅子滾啊滾的，滾啊滾的。

梅子宛如一隻淡綠色的生物，從坡道往下衝。梅子一會兒彈跳，一會兒翻滾，小結不禁覺得梅子在捉弄她，說著：「快來追我啊！」

小結的眼裡已經看不見四周的景色。她的目光集中在泛著綠光的梅子上，就這麼衝下長長的坡道，拚命地追著梅子而去。

跑著跑著，陡峭的坡道似乎變得平緩了些，眼前滾動的梅子也放慢了速度。

只要再幾步路，小結就可以抓到梅子了。

梅子滾啊滾的，滾啊滾的。

最後，梅子終於在距離小結不遠的地面上停了下來。

「抓到了！」

小結大喊道，並準備衝向青梅時，小結突然停下了腳步。

眼前出現一條流水潺潺的小河。一座小小的石橋，橫跨在細長的小河上。梅子一路滾到石橋的另一端才停下來。

剛才梅子一路滾下坡，看來是順著那股衝力滾過石橋後停住。

小結看見對岸不遠處有一棟小房子。

「這是哪裡？」來到橋的一端，小結才東張西望地環顧四周。

她回頭一看，看見剛才一路衝下來的長坡道。坡道的路面沒有鋪上柏油，兩側長滿茂密的草木。坡道上方只看得見一整片因爲梅雨季節而朦朧的天空，看不見在那後方的景色。

小結想不透自己究竟是怎麼從奶奶家的庭院，一路跑到這個坡道來的？她歪起頭心想：**門前町這個城鎮有這樣的地方嗎**？

越過石橋來到小河的另一端，可看見一大片綿延的森林。有棟房子孤零零地坐落在森林的入口處。小結看見一條鋪上石板的小徑通往那棟房子的玄關，而剛才一路追著跑的梅子就滾落在小徑前方。

小結仔細一看，發現那棟房子的外觀不像住家，比較像商店。拱門造型的玄關門、格子窗、高高聳起的三角形屋頂，小小的煙囪。眼前的房子可愛得就像從童話故事裡跑出來的一樣。

「那是住家？還是一家店？」

小結深受吸引而朝向石橋踏出一步時——

剛才的聲音再次傳來。

「喂——」

小結驚訝地抬起頭看，剛才確實有聲音從森林深處傳來。小結在奶奶家摘梅子時，也有聽見一樣的呼喚聲。

也就是說，剛才聽到的聲音是從這座森林深處傳來的嗎？有人在這座森林深處大聲呼喊嗎？那聲音是在呼喚什麼人嗎？

「喂——」

小結悄悄觀察森林深處。昏暗的森林深處可看見數也數不清的樹木彼此枝葉交纏，彷彿一層又一層地編織覆蓋。

小結豎耳聆聽，但已經沒有聲音傳來了。

小橋對岸只見一棟三角形屋頂的可愛房子，深邃的黑暗森林向房子後方綿延。

梅子滾落在可愛房子的石板小徑前方，小結注視著梅子，輕嘆了口氣。都一路追到這裡來了，當然要把那顆梅子撿回去；小結如此下定決心，於是一腳踏上石橋，準備朝向小小的房子前進。這時——

「小結！」

突然間，不知道從哪裡傳來了媽媽的聲音突然傳來。

「小結！小匠！」

咦？**小匠**？

小結停下腳步，慌忙地東張西望環視四周。

「小結！小匠！還不趕快起床！」

「咦？……起床？」

小結一邊嘀咕道，一邊望向石橋的另一端時，三角形屋頂的房子突然在她的眼前扭曲變形起來，彷彿要融化似地。

「好了！你們還不快點起床！打算要睡到幾點啊？要遲到了！」

媽媽的聲音清晰地傳進小結的耳裡。

煙囪、屋頂、玄關門、格子窗……一切像被流水沖刷過似地變得模糊，最後融化消失不見。

小結震驚不已地瞪大著眼睛。

「真是的，你們兩個今天是怎麼了？我已經叫你們兩個叫了好幾次，就是叫不醒。」

小結看見媽媽站在兒童房的門口。

森林、房子、小河、石橋全都不見蹤影。

此刻小結身在熟悉的公寓裡，躺在熟悉的臥室床鋪上。

小結一邊感受雙層床的下鋪傳來小匠磨蹭著起床的動靜，一邊坐起身子在心中暗自嘀咕。

好奇怪的一場夢。

小結不經意地看向窗外，發現屋外正下著雨。

初夏寧靜的細雨，水滴布滿窗，掩蓋了公寓外頭的視野。

2 憂鬱的星期五

「欸！你快點讓開好不好！」

看見小匠占著洗手台鏡子前的位置，小結對著小匠說道。

「不行！我頭髮亂翹，我還在整理。」

小匠的瀏海像沖天炮一樣高高豎起，他一邊用溼毛巾壓住瀏海，一邊說道。

「不用照鏡子也可以整理亂翹的頭髮吧？」

「就跟妳說不行了！」

小匠依舊不肯讓出位置。

「討厭！」小結凶巴巴地撂下這句話後，從鏡子前方轉身離開。

就是這樣我才不喜歡弟弟！

明明平常小結都會先起床，趕在拖拖拉拉半天才起床的小匠之前迅速吃完早餐，優雅地在鏡子前面綁頭髮、整理服裝儀容。結果今天卻因為不小心睡過頭，而被弟弟搶先一步。

唉……真是失算……一切都是因為那個奇怪的夢啦。

結伴上學的集合時間迫在眼前，小結已經沒時間與小匠爭吵了。

「媽媽！妳的化妝台借我用喔！」

小結迅速走過正在看報紙的爸爸身邊，一邊往和室走去，一邊對著廚房裡的媽媽喊道。和室是爸爸、媽媽和小萌三人的臥室，媽媽的嫁妝——桐木櫥櫃和化妝台就擺放在和室裡的牆邊。

所謂的嫁妝，就是指身為狐狸家族的媽媽與身為人類的爸爸結婚時，從山上帶來的家具。所謂的狐狸家族，就是指住在山上世界的狐狸一族，而小結的媽媽即是來自狐狸一族。當然了，媽媽的真實身分是一隻狐狸，以及媽媽的親戚全是狐狸的事實是小結一家人的祕密。小結、小匠和小萌身上流有狐狸族的血統，以及三人都從狐狸族繼承特殊能力的事，在信田家也是絕對不能向任何人提起的重大祕密。

小結來到媽媽那座有特別來歷的化妝台前，綁起頭髮。她拿著有珠子裝飾的束髮圈，先綁起左半邊的馬尾。

「姊姊，妳說故事給我聽！」

小萌不知何時已來到小結的身後，她一邊墊起腳尖偷看，一邊糾纏著。

說到小萌的「說故事攻擊」，這陣子信田家的每個人都深受其擾。不分時間、地點、對象，小萌只要一抓到時間，就會撒嬌拜託大家說故事給她聽。

「現在不行耶！姊姊要遲到了！下次再說故事給妳聽喔！」

小結一邊用髮圈綁起右半邊的馬尾，一邊冷漠地答道。

「我去找爸爸好了！」

小萌捧著繪本《老鼠與飯糰》，準備折返回到客廳攻擊下一個目標。

小結確認左右兩邊的馬尾是否對稱後，不由得嘆了口氣。小結發現左右兩邊的馬尾明顯一粗一細，無奈地心想：**每次趕時間的時候，事情總是會做不好。**

小結急忙重新綁起頭髮時，腦海裡忽然浮現夢中看見的景象。漫長下坡道的盡頭，出現小河和小橋。在那另一端，無限延伸的遼闊森林，還有那位在森林入口處的可愛房子。

小結衝下坡道時，那顆近在眼前輕盈彈跳、不停向前滾去的青梅，至今依稀可見。

小結不禁心想：**好真實的夢境啊**——

為什麼會夢見自己在摘梅子，小結大概猜得到原因。

剛好昨天媽媽收到門前町奶奶寄來今年的醃酸梅，媽媽還打了電話向奶奶致謝。那時小結也有接過話筒，與爺爺、奶奶聊上幾句。

「今年大豐收，樹上的梅子多到怎麼摘都摘不完。」奶奶在電話裡這麼說道。

每年只要一到摘梅子的季節，奶奶就會把前一年醃漬的醃酸梅寄到小結她們家來。

「好好喔——我也好想摘梅子看看喔——」小結這麼回應奶奶。

小結猜想一定是心裡還掛念著這件事，才會夢見自己在摘梅子。

不過，對於那場夢的後續發展，小結完全摸不著頭緒。小結不明白自己追著滾遠的梅子跑去後，竟然會跑到看都沒看過的石橋邊，石橋的另一端還出現一棟像童話故事裡的房子。

我怎麼會做那樣的夢？

「小結！」

廚房那端傳來媽媽著急的聲音，小結嚇一跳地回過神來。

「妳已經比平常晚了五分鐘！動作快一點！不然會趕不上結伴上學的集合時間喔！」

「我去上學了！」

結果，小匠搶先在玄關大聲喊道。

「不妙！」

小結急忙緊緊繞上最後一圈束髮圈後，從化妝台前朝客廳衝去。爸爸敵不過小萌的攻擊而放棄看報紙，正在沙發上朗讀《老鼠與飯糰》。小結的書包就放在爸爸身旁，揹起書包時，有一疊整理好的傳單擱在茶几角落，吸引了小結的目光。

小結這才想起今天是紙類的資源回收日。媽媽正忙著將報紙以及其他紙類分類，打算等會兒送去回收地點。

看著集中在茶几角落的整疊傳單，小結發現最上面一張是將在這週末開幕的蛋糕店傳單。

「專賣手工餅乾和蛋糕、
為您服務的城市甜點屋，
即將隆重開幕！」

傳單上畫著三角形屋頂的可愛商店插圖。商店的插圖跟夢中的童話房子，在小結的腦海裡重疊在一起。

「什麼嘛……是因為這個啊。」

小結不由得出聲嘀咕道。如果小結沒有記錯，那是夾在昨天早報裡的傳單。小結記得昨天放學回到家時，曾看過這張傳單。

原來出現在夢中的那棟童話房子的靈感是來自這張傳單啊；小結這麼心想後，不禁覺得好笑。

「姊姊！我不等妳了喔！」

玄關傳來小匠催促小結的聲音。

「小結，妳在做什麼？」

媽媽從廚房探出頭來。

「真難得……小結的動作居然比

小匠慢……難怪今天會下雨。」

爸爸從繪本上抬起頭嘀咕道。

「我、我去上學了！」

小結抓起手提袋，朝向玄關衝出去。

「路上小心！」

小萌的聲音追在後頭傳來。

「沒忘記帶雨傘吧？今天一整天都會下雨喔！」

媽媽大聲喊道。

「我去上學了！」小結從傘架中抽出自己的雨傘後，再次大喊一聲，並衝出門外。

為了追上走在相當前頭的小匠，小結一邊在公寓的走廊上奔跑，一邊在心中暗自嘆息。

好煩喔——都是那場怪夢，害得我步調都亂了！

這天，小結度過相當乏味的一天。厚厚的雲層覆蓋住城市上空，還不停灑下叫人鬱悶的綿綿細雨，小結不禁覺得內心也快要發霉。小結感覺到身體如鉛塊般笨重，午休過後到了第五、六節課時，睡意更是達到巔峰。

儘管就快打起瞌睡，昏昏欲睡的小結還是拚命地睜大眼睛，勉強熬過課堂。終於撐到班會時間結束的那一刻，坐在斜前方座位的小茜轉身看向小結說：「小結，妳今天看起來好像很沒有精神。妳還好嗎？是不是昨天太晚睡了？」

「沒有，我不是太晚睡，只是出了點狀況。我做了一個很奇怪的夢，整個步調都被打亂了。不但被小匠搶先霸占了洗手台，還差點沒趕上結伴上學的時間。」

小結這麼回答後，小茜繼續發問：「很奇怪的夢？」

於是，小結決定向好朋友小茜坦承昨晚的夢境。

「跟妳說喔，一開始我只是夢到在鄉下的奶奶家摘梅子，結果夢到一半的時候突然發生怪事。我夢見梅子在地上滾遠，我為了追梅子，一路跑下坡，然後看見一座小橋。小橋的對面出現一棟三角形屋頂的可愛房子。」

「三角形屋頂的房子？」

小茜歪著頭問道。

「嗯。」小結點頭回應後，自己也覺得好笑地咯咯笑了起來。

「就是很像童話故事裡會出現的那種很可愛的房子。我本來也很納悶自己怎麼會夢見那樣的房子，但今天早上謎題揭曉。應該是因為我看了傳單上的插圖。就是一張即將開幕，店名叫作『甜點屋』的蛋糕店傳單。那張傳單上面畫了一棟三角形屋頂的房子，肯定是那棟房子跑到我的夢裡來。我這個人還真是單純喔！」

「我知道妳說的那家店！」

小茜突然一臉得意的模樣說道。

「真的嗎？」

小結反問後，小茜興奮地發出「嗯」的一聲點點頭。

「那家店就在學校附近喔！我結伴上學的路上都會經過那家店。那家店超可愛的！長得就很像童話故事裡的蛋糕店，我還跟我媽媽約定好等開幕的時候一定要去買蛋糕。」

「咦？在學校附近？妳結伴上學的路上會經過？」

小結陷入沉思。

「不是在車站前的商店街上嗎？我一直以為那家店是要開在車站前面。」

小結試著回想早上看見的傳單內容，但不確定地點在哪裡。從小茜家到學校的上學路線，只會經過獨棟房子櫛比鱗次的住宅區。小結心想：「沿路上有空地可以開一家店嗎？」

「錯不了的。那裡還在蓋房子的時候我就看到了。」

小茜斬釘截鐵地說道。

「要不然我們放學回家的時候繞過去看看吧？我帶妳去看那家店在哪裡。他們明天就要開幕了，妳也可以跟妳媽媽一起去買蛋糕啊！開幕會有促銷活動，可以拿到紀念品喔。」

小茜相當熟悉蛋糕店的資訊，簡直就像店家的宣傳人員。

「真的嗎？那妳帶我去看看好了。」

在好朋友小茜的邀約下，小結心動了。既然有那麼可愛的蛋糕店，小結當然也想請媽媽週末的時候帶她一起去。再說，小茜家距離小結家不會太遠，她們兩人平常也總會去彼此家玩耍。小結認為稍微繞一下遠路，先去確認「甜點屋」的位置再回家也不會有什麼大礙。

於是，放學後，小結和小茜一起離開學校。

綿綿細雨中，小結和小茜兩人撐著傘，並肩走在街上。

不知怎地，明明是放學時間，街上卻不見人影。不管是住家也好，馬路也好，路樹也好，全都籠罩在絲綢般的細雨中，無比靜謐。

啪噠、啪噠、啪噠；四周只聽得見小結和小茜的腳步聲，在溼漉漉的柏油路上此起彼落地交疊著。

走了好一會兒後，小鎮中突然出現了繁茂的樹林。那是鎮守神社的樹林，團團圍住名為此花的神社。此花神社位於小結她們就讀的小學西側，據說很久以前是一座規模相當大的廟宇，但後來敵不過建地開發的趨勢，不知不覺中腹地縮小許多，如今變成一座小而雅致的無人神社。儘管平常幾乎沒有人會去參拜了，但到了秋季的大型祭典時期，參道上還是會有成排的攤販，氣氛熱鬧無比，使得神社頓時恢復生機。

「就在這座神社的後面喔！」

來到此花神社的小巧鳥居前方時，小茜突然開口這麼說。小結嚇

一跳地反問：「咦？神社後面？蛋糕店要開在神社的後面？」

「嗯。」

小茜點頭應道，接著迅速穿過鳥居，往神社的院子裡走去。

蛋糕店開店的地點還真是選得特別呢！儘管感到納悶，小結還是跟在小茜的後頭也穿過鳥居走去。

雨天的星期五午後，神社裡果然一片空蕩蕩。小茜直直朝向神社後方走去。

小結在四下無人的拜殿前方，合掌拍手兩次並低頭行禮後，穿過建築物旁邊追著小茜前進。

然而，小結繞到拜殿後方的那一刻，吃驚地杵在原地不動。

「咦？神社後面有這麼寬敞嗎？」

此花神社的後方可看見繁茂密集，無邊無際的森林。

那片森林深邃又遼闊，讓人無法看清樹林深處的模樣。看不見盡頭的森林裡有著多到數不清的樹木，樹木的枝葉彼此交纏，層層堆疊地生長著。

「快過來！」

小茜回過頭，在傘下對著小結招手說道。

接著，小茜踏進被細雨籠罩的昏暗森林裡，朝向深處大步走去。

「等等我啦！」

小結一邊急忙在後頭追著跑，一邊難以保持鎮靜地環視森林。

「小茜，等等我嘛！這裡以前有這麼一大片森林嗎？神社後面不是很快就是馬路嗎？」

「什麼？」

小茜看向小結，一副聽不懂小結在說什麼的模樣問道。在那之後，小茜立刻重新面向前方，指著樹林的另一端說：

「妳看！就在前面而已！」

「咦？就在前面？」

在小茜的話語催促下，小結朝向小茜所指的方向看去。

「啊！」

小結再次感到吃驚而倒抽一口氣。

從樹林的縫隙間，可看見三角形屋頂的房子。不僅如此，還可看見煙囪、拱門造型的玄關門以及大大的格子窗。那房子與小結在夢裡看到的房子長得一模一樣。如小茜所說，房子就在前面。

可是，剛才小結環視森林時，明明沒有看見有這麼一棟房子……

小結困惑極了，但小茜根本沒有理會小結，在森林裡自顧自地朝向房子走去。

小結也踩著溼漉漉的落葉，任憑腳邊發出沙沙、劈啪的聲響，與小茜並肩走去。

「妳看！我沒騙妳吧？那棟房子就是『甜點屋』！」

小茜指著三角形屋頂的房子說道，並露出微笑轉頭看向小結。

然而，小結完全沒有回應小茜一聲，只是眼睛直直盯著某處僵住不動。

小結的視線前方有一座小橋。就是那座橫跨小河的小小石橋，而房子就蓋在石橋的另一端。

怎麼會這樣？這場景跟我夢到的簡直一模一樣！小河、石橋、森林，還有三角形屋頂的房子……

小結整個人愣住時，森林深處不知哪個地方傳來微弱的聲音。

「喂——」

小結的心臟猛烈地跳動一下。不知什麼人在呼喚著小結，而這也跟夢境裡一模一樣。

「小結，妳怎麼了？」

小茜歪著頭看向沉默不語的小結，跟著摟住小結的手臂說：

「很可愛對不對？那就是『甜點屋』喔！」

小茜拉著小結走出去，小結就這麼被拉著往石橋靠近。

小結站在石橋前方眺望出去後，發現小河對岸的地面上好像有什麼東西。

一條石板小徑從三角形屋頂的房子玄關延伸出來，那東西就落在石板小徑之前。

「咦？不會吧？」

小結大吃一驚，不由得脫口嘀咕道。

有一顆淡綠色的球狀物，滾落在石橋另一端的房子前方。

那該不會是……

小結按住心臟猛烈跳動的胸口，踏出步伐踩上石橋。

這時，突然吹起一陣風，森林裡的樹木隨之搖曳。小結加快腳步度過短短的石橋時，四周的樹木不停發出沙沙聲響。

轉眼間小結越過石橋來到小河的對岸後，她彎下身子，撿起淡綠色的球狀物。

那是一顆色澤青翠的碩大梅子。

難以置信的想法與「果然沒猜錯」的心情交錯在一起，在小結的內心掀起陣陣漣漪。

「怎麼會這樣？為什麼我在夢裡摘下的梅子會在這裡出現？」

小結這麼說時，四周再次吹起一陣強風，森林的樹木隨之搖曳。

「啊！」小結在風中回頭看向石橋時，不由得大叫一聲。

石橋消失不見了。小結四處張望，但就是找不到前一刻才越過的石橋和小河。

就連剛剛還在一起的小茜也不見蹤影。

小結身後只看得見綿延不絕的深邃森林，就連眼前，也是一大片不見盡頭的森林。

陣陣掀起的風兒在森林裡四處流竄。一棵棵樹木宛如發出笑聲般沙沙作響。

沙沙、沙沙、沙沙——

唰唰、唰唰、唰唰——

風兒停止流竄後，靜謐的氣氛籠罩住昏暗的森林。

三角形屋頂的房子孤零零地坐落在深邃森林裡，而小結獨自一人手握梅子杵在房子前方不動。

「現在是怎麼回事？這什麼狀況？」

撲通、撲通、撲通、撲通……

小結的心跳逐漸加速。

不知什麼人的聲音在某處響起。

「信田同學！」

小結驚訝地倒抽一口氣的瞬間，森林的景象像融化似地扭曲變形起來。

「信田同學！」

那是老師的聲音！

森林裡的樹木變得模糊，跟著像被水沖走似地消失不見。三角形屋頂的房子也開始融化。

小結驚訝地睜大眼睛看。

森林也好，房子也好，全都不見蹤影。此刻的小結身在學校的熟悉教室裡、坐在熟悉的座位上。

大家都在低聲竊笑。

這是怎麼回事？我又夢見了那座森林……

小結悄悄環視正在進行第六節課的教室。

坐在斜前方座位上的小茜偷偷回過頭看，沒出聲地以嘴形對著小結說：「別在意。」

3 夢中的森林

這天放學後，為了確認，小結試著詢問小茜說：「妳知不知道有一家叫作『甜點屋』的蛋糕店要開幕？」

即便聽到「甜點屋」的店名，小茜也沒有流露出特別的情緒。

「『甜點屋』？印象中好像有看過傳單，什麼時候要開幕啊？」

聽到小茜這麼反問後，小結篤信自己的猜測沒錯。

小茜根本不知道「甜點屋」的存在。剛剛那些片段果然全是夢境。

話說回來，小結怎麼會一直作同樣的夢？怎麼會兩次作夢都去到同樣的地方？小結之所以會夢到三角形屋頂的房子，或許是因為受到「甜點屋」傳單的影響，但那片森林呢？小河呢？石橋呢？

小結不記得以前曾去過那樣的地方，也沒有印象在某處看過類似的景象。明明如此，小結在夢裡去到的那個地方卻是莫名地真實。

即使從夢中醒來後，小結還是能夠清晰回想起森林裡的那些樹木以及被落葉覆蓋的地面景象。小結下意識地把左手插進裙子的口袋裡時，忽然想起一件事。

小結依稀記得剛才在被老師喊「信田同學」而清醒過來之前，在夢中一時慌張地把抓在手上的梅子塞進口袋裡。

當然了，現在小結在口袋裡翻找，也根本翻不出梅子來。

我真是夠蠢的，口袋裡怎麼可能有梅子。

從口袋裡抽出左手後，小結用力握緊拳頭，跟著環視教室一圈。

教室籠罩在朦朧的燈光之中，那景象讓人看了忍不住擔心起會不會下一秒就被窗外的雨水沖走。

到底哪邊是夢境？**哪邊是真實世界**？

這麼心想後，小結不禁感到一陣寒意爬上背脊。小結不安了起來，覺得自己彷彿迷失在夢境與現實之間。

這樣下去不行……不要再想了！**如果繼續想就會愈來愈在意，那樣肯定會一直作同樣的夢**。

這麼說服自己後，小結甩了甩頭試圖趕走還殘留在腦海裡的零碎夢境。

小結放學回家後，雨天的星期五平靜地過去了。說是這麼說，但其實也不是真的那麼平靜。小結放學一回到家，小萌又展開「說故事攻擊」。

「妳要哪本？」小萌像在排列撲克牌似的，在小結面前一字排開自己最愛的四本繪本後，緊迫盯人地問道。

雖然小萌的口氣像是願意讓小結隨便挑一本，但其實小結哪一本也不想挑。畢竟這陣子說給小萌聽的都是這四本繪本的故事。小結忍不住佩服起小萌怎麼有辦法百聽不膩。

「我們換比較不一樣的故事來念嘛！這幾本都念過好幾遍了。」

「不要。」小萌說道。

「這些都是人家最喜歡的故事嘛！小結姊姊，妳要挑哪一本？」

每一本我都不想挑。小結很想這麼說，但硬是忍了下來，最後抱著低落的心情，慢吞吞地挑選繪本。

「《老鼠與飯糰》我已經念過不記得幾十遍了，所以跳過。《小紅帽》昨天才念過而已……不然，挑這本好不好？」

小結拿起一本名叫《貓頭鷹彩色美容院》的傳說故事繪本。

「就挑這本！我最喜歡裡面的烏鴉了！」

小萌的表情變得明亮。

「咦？妳喜歡烏鴉？牠會被染成黑色耶？」

小結總是抓不準小萌的喜好。貓頭鷹開了一間可以幫鳥兒們染羽毛顏色的美容院，烏鴉來到美容院後提出一大堆要求，還抱怨個不停，結果害得自己原本的白色羽毛被染成黑色。小結實在想不透小萌為什麼會喜歡這種個性的烏鴉。

小結嚥下嘆息聲，無奈地說起故事來。

「很久很久以前，有一隻貓頭鷹在森林裡開了一間染色美容院。鳥兒們開心得不得了，紛紛來到美容院，請貓頭鷹幫牠們的羽毛染上顏色……」

小匠比小結晚一些時間回到家後，被小萌要求說了《開花爺爺》的故事。爸爸下班回來時更慘，繼早上之後，晚上也被要求說《老鼠與飯糰》的故事。

爸爸甚至脫口說：「看來再過不久，我就會背了。」

哪怕是已經說過好幾遍的故事，每次說給小萌聽時，小萌還是會咯咯笑個不停或哇哇大叫，讓小結感到難以置信到了極點。

「小結小時候也會這樣啊。小匠也是。每個人都有一段時期會這樣著迷於故事裡的世界。」雖然媽媽這麼說，但小結一點印象也沒有，她不記得自己小時候曾經「說故事攻擊」。小結一心只求小萌能夠快快度過這段時期。

即便鑽進被窩裡，小萌還是要求媽媽說了好幾個故事，才總算甘心入睡。

從妹妹的攻擊中解脫後，小結和小匠享受著假日前一晚可以晚睡的美好時光。

小結和小匠每週五的必有樂趣就是向爸爸和媽媽道過晚安後，在床上度過散漫慵懶的時光。房間裡依舊亮著燈，小匠在雙層床的下鋪忘我地讀著從圖書館一口氣借來好幾本的漫畫。小結坐在雙層床的上鋪，攤開日記本放在膝蓋上。那是上次門前町的奶奶到小結她們家作客時，新買給小結的日記本。從小學三年級第一次下定決心要寫日記到現在，這已經是小結第三次重新開始寫日記。小結寫日記的習慣總是一個星期左右便挫敗，沒有一次持之以恆過。

「要怎麼做才能每天持續寫日記？」小結提出商量後，奶奶給了這樣的建議：「妳要不要抱著像在跟朋友聊天的心態寫寫看呢？妳可以想像自己有個祕密朋友，然後抱著只偷偷告訴祕密朋友的心態，把當天發生的事情或其他什麼心情寫下來。」

後來，奶奶買了這本日記本送給小結。當時小結和奶奶一起去販賣可愛文具的店家，小結親自挑了日記本。日記本的封面有一隻小貓咪在玩紅色毛線球，那插畫實在太可愛了，小結一眼便愛上這本日記本。從那天起，插畫裡的小貓咪變成小結的祕密朋友。黑色小貓咪的四隻腳像穿上白襪子一樣，小結為小貓咪取了名字，也下定決心每天抱著跟小貓咪聊天的心態寫日記。多虧祕密朋友的存在，小結這次寫日記已經持續了兩個多星期。這天晚上，小結也像跟小貓咪聊天似的，在日記本寫下乏味一天的經過，包括作了兩次奇怪的夢，以及不小心在學校打瞌睡等等。

「時間已經很晚了，快點關燈睡覺了。」

媽媽終於看不下去地來到兒童房，從門口探出頭說道。

「再一下下就好。我再一下下就可以看完這集。」

小匠在下鋪說道。

「媽媽，我也再一下下就可以寫完今天的日記。到時候我會關燈的，再等一下啦！」

小結也在上鋪向媽媽提出訴求。

「你們兩個都這樣在床上看書寫字，會弄壞眼睛的。你們知不知道現在幾點了？已經十一點多了耶！」

「可是，明天是星期六啊！」

小匠一副興奮不已的模樣反駁媽媽說道。

「就算說明天是假日，也該睡覺了！」

媽媽這麼說時，小結正好寫完了日記。

「寫完了！」小結把筆夾在日記本之間，輕輕闔上日記本，跟著把日記本塞進枕頭底下。

「可以了喔？那我關燈囉！」

「什麼？人家就說再一下下嘛！」

媽媽駁回小匠的抗議，不容分說地發出「喀嚓」一聲關上裝設在房門旁邊的電燈開關。

燈光瞬間消失，房間裡陷入一片黑暗。

「啊——」小匠發出抗議的聲音。

「晚安。」媽媽說道。小結在被窩裡回應一聲：「晚安。」小匠也死了心地開口說：「晚安。」

房間籠罩在一片黑暗之中後，小結內心那股本來已經遺忘的不安情緒慢慢擴散開來。

如果小結就這麼閉上眼睛沉沉睡去後，會不會又作同樣的夢？會不會又不小心闖入那片夢中的森林？

不行、不行！沒什麼好在意的！我已經決定不再去想這件事了。

小結這麼心想，並試圖揮開占據內心的不安情緒。然而，小結一閉上眼睛，眼皮內側就會立刻映出那片深邃昏暗的森林場景。

小結在夏日涼被裡把身體縮成一團，用著不會被小匠聽見的聲量悄悄嘆息。

一早就下個不停的雨終於停了。即便如此，城市還是籠罩在沉甸甸的潮溼空氣之中。兒童房裡的窗戶半敞開著，但幾乎沒有風兒吹進屋內來。

在如此潮溼悶熱的夜裡，小結在床上翻過身子。夾帶熱氣的睡意慢慢滲出，總算開始在小結的體內漸漸蔓延開來。

「小匠，你睡著了嗎？」小結輕聲詢問躺在下鋪的弟弟。

「就快睡著了……」小匠一副受到打擾的態度，夾雜著呵欠聲。

小結被小匠傳染似地，立刻連續打了兩次呵欠。

小結感覺到眼皮愈來愈沉重。森林在小結閉起的眼睛深處延伸開來。漸漸地，那片森林也被黑暗吞沒。

森林某處似乎傳來了微弱的聲音。

「喂——」

「喂——」

啊！又出現了，又有人在呼喚了。

小結這麼心想的同時，緩緩地被吸入黑暗之中。

在深邃濃厚的黑暗之中，小結緩緩地往下降。小結不停地朝向下方、不停地朝向底部下降。

然而……

黑暗忽然中斷，小結眼前的世界變得遼闊。

「咦？」

小結回過神時，發現自己又站在那片森林裡。朦朧的光線中，綠色的樹林一層又一層編織般，向外綿延，交纏在一起的枝葉在小結的頭頂上方形成屋頂。小結腳邊的地面滿是溼漉漉的鬆軟落葉。

不過，小結環視四周一遍後，並沒有看見小河、石橋，以及那棟三角形屋頂的房子。

「煩死了。」小結在孤單一人的森林裡，出聲嘀咕道。

「又來了！我又跑到這裡來了。」

就在這時——

「喂——」

森林不知某處傳來聲音。不過，那不是小結前幾次在夢中聽見的聲音。

小結嚇一跳地抬起頭。那是小結十分熟悉的聲音。

「喂——有沒有人啊？」

不知什麼人一邊大聲吆喝，一邊朝向小結這方走近。

「喂——有人嗎？」

小結看見對面樹林最旁邊的矮小草叢，發出窸窸窣窣的聲響晃動起來。看見撥開草叢現身的身影後，小結不由得大喊回應對方：

「這邊！我在這邊！小匠！」

「啊！姊姊！」

小結沒料到竟是小匠現身。小匠的表情瞬間明亮起來，並朝向小結奔來。

「呼——太好了。」

來到小結面前後，小匠鬆了口氣地說道。

「我還以為只有我一個人。不知道這裡是哪裡喔？」

「哪裡……」

小結也不知道該如何回答小匠才好。

「我很確定現在是在夢裡……這裡是我的夢境。」

「咦？妳說反了吧？」

小匠立刻反駁說道。

「這裡是我的夢境。姊姊，妳跑來我的夢裡做什麼？」

「我才想問你在做什麼呢！」

小結也反駁說道。

「你沒事跑來我的夢裡做什麼？」

小結和小匠兩人沉默了好一會兒，目不轉睛地注視著彼此。

小結和小匠明明都換上睡衣才爬上床，現在兩人卻都確實穿著外出服，甚至也好好穿著鞋子。小結和小匠穿著與今天上學時同一套的外出服，也就是說，兩人此刻一身與白天一樣的裝扮。

真的是太奇怪的夢了。

小結看著夢中的弟弟，陷入了思考。

不僅三次都來到同一片森林，這次居然還安排了小匠登場……

小結忽然覺得這不是單純的夢，並清楚感受到毫無來由的不安，從內心深處慢慢湧上來。

小結和小匠沉默不語地互瞪著彼此時，傳來微弱的腳步聲。

沙沙、窸窣、劈啪；不知什麼人踩著潮溼的落葉朝向這方走來。

「有人來了！」

看得出來小匠也陷入不安的情緒之中。小匠剛才明明一副自以為是的態度說這是他的夢境，現在卻悄悄依偎在小結的身上。

「快躲起來吧！往這邊走！」

小結拉著弟弟的手，一起繞到就在附近的山白竹叢後方躲起來。

沙沙、窸窣、劈啪……

腳步聲愈逼愈近。小結看見一道魁梧的身影用力踩踏落葉，從昏暗的樹林深處朝向這方走來。

小結悄悄地從山白竹的縫隙間，窺看腳步聲的主人模樣。

「咦？」小結不由得發出輕輕一聲。

或許聽見小結的聲音，不明人物來到山白竹叢附近便停下腳步。

這回小結和小匠都清楚看見對方的臉。錯不了！

對方擁有結實的體格、頭上戴著寬鬆的帽子、身穿探險家風格的襯衫。他就是——

「夜叉丸舅舅！」

小結和小匠同時大喊一聲，並從山白竹叢後方站起身子後，夜叉丸舅舅發出「嘎」的一聲怪聲，整個人從竹叢前方往後彈開。

「怎、怎、怎麼回事？怎麼回事？」

迅速往後彈開後，夜叉丸舅舅陷入慌亂地問道，雙眼一直盯著突然現身的小結和小匠看。

不知何物在夜叉丸舅舅的右肩上粗魯地揮來揮去，看得小結兩人驚訝不已。

那是一隻烏鴉！烏鴉受到慌張失措的夜叉丸舅舅影響，也在右肩上陷入恐慌狀態。烏鴉不停拍動翅膀，用著沙啞的聲音發出「嘎嘎嘎」的吵鬧叫聲。

看見夜叉丸舅舅肩上帶著一隻烏鴉登場，小結忍不住在心中嘀咕起來。

真的是太奇怪的夢了。

不過，夜叉丸舅舅本來就是一個有點……不對，應該說是一個非常奇特的人……不對、不對，應該說是一隻非常奇特的狐狸。

夜叉丸舅舅是小結她們的媽媽的哥哥，雖然舅舅總會像現在這樣化身為頭戴寬鬆帽子的人類模樣，但真正的他其實是一隻自尊心強又吊兒啷噹的狐狸。還有，夜叉丸舅舅也是一路來把各種麻煩事以及災難源頭帶進信田家的罪魁禍首。

一向奇特的夜叉丸舅舅即使來到夢中，果然還是一樣奇特。舅舅竟然會讓烏鴉停在他的肩膀上！

看見烏鴉總算安靜了下來，小結率先開口說：

「舅舅，你來我夢裡做什麼？」

「才不是呢！這是我的夢境。舅舅，你怎麼會在我的夢裡？」

小匠不服輸地說道，小結心情不悅地說：

「我剛剛不是已經說過了？這是我的夢境。你不要愛搶鋒頭！」

「姊姊，妳才是愛搶鋒頭吧？跑到別人的夢裡來，還一副很了不起的樣子！」

「就跟你說這不是別人的夢，是我的！」

「才不是！明明就是我的夢！」

「嘎！」

舅舅肩上的烏鴉突然大叫一聲。小結和小匠嚇一跳地閉上嘴巴。夜叉丸舅舅原本一直愣住不動地望著小結和小匠的爭執場面，這時從兩人面前往後退了一步。

接著，夜叉丸舅舅宛如準備揮舞魔杖似的，突然伸長右手的食指指向小結兩人，大喊說：「消失吧！幻影！」

「……」

「……」

這回換成小結和小匠兩人愣住不動地互看彼此。

「舅舅，你在說什麼？」小匠一副難以置信的模樣詢問舅舅。

夜叉丸舅舅用著比剛才更誇大的動作、更宏亮的聲音，反覆說出同樣的話：「消失吧！幻影！」

「這句話是在對我說的嗎？」小結詢問夢中的夜叉丸舅舅。

「為什麼我要在自己的夢裡，要被明明是幻影的舅舅這麼說？太厚臉皮了吧！」

「這不是姊姊的夢，是我的夢才對。」纏人的小匠不肯罷休地說道，小結準備開口說話時——

「住嘴！幻影！」

夜叉丸舅舅再次說道，但這次沒有加上手勢動作。

「你們兩姊弟不要在我的夢裡吵架！這根本不是你們的夢，而是貨真價實、百分之百屬於我的夢！」

「天啊，又在說這麼厚臉皮的話。」

小結感到難以置信地嘀咕道。

小匠也埋怨起來：「為什麼我會一直作這麼奇怪的夢？這已經是第二次了，我已經第二次夢到這片森林。」

「咦？」小結嚇一跳地直直盯著弟弟看。

「真的嗎？我已經是第三次來到這個夢裡的森林。」

「咦？意思是說姊姊也一直作同樣的夢？」

小匠反問後，烏鴉在夜叉丸舅舅的肩上發出「嘎」的一聲，舅舅則是露出觀察的目光看著小結和小匠的表情。

好一會兒時間，所有人就這麼彼此看來看去，陷入思考之中。

大家心裡都在想：「這到底是怎麼回事？」

沒多久，夜叉丸舅舅開口說：

「看來，似乎發生了相當詭異的事。我是說在我的夢裡……」

「就說這不是舅舅的夢……」

小結說到一半時，舅舅發出「噓！」的一聲嚴厲打斷小結，然後對著小結和小匠說：「你們輪流跟我說作了什麼夢吧！你們剛剛說作了同樣的夢，還說夢見這片森林好幾次，對吧？你們最早夢見森林的

時候，是怎樣的夢？在那之後呢？把你們作的夢都說給我聽吧！」

為了回應舅舅的發問，小匠率先開口說：

「第一次是今天早上。在媽媽叫我起床的不久前。我夢見跟朋友在中央公園踢足球時，聽見有人不知道在什麼地方呼喚我。那個人一直喊『喂——』、『喂——』我心想不知道會是誰在叫我，就東張西望起來，結果朋友在這時候把球踢給我，然後大聲喊：『小匠！快踢球！』我急急忙忙把球踢出去，但那顆球變得很奇怪。我明明有踢到足球，結果卻是踢到捲成一團的毛巾。而且不管我怎麼踢，都飛不起來。我整個人都慌了。在那之後，奇怪的狀況一直發生。我朋友踢的時候，都是好好的一顆足球，但換成我要踢的時候，足球就會變成西瓜、石頭或是馬鈴薯之類的。朋友還跟我抱怨，叫我認真一點踢球……所以，我就告訴自己下次一定要球踢出去。」

小匠一副情緒激昂的模樣滔滔不絕地說道。

「結果我真的把球踢出去了！踢是踢出去了，可是啊，那顆球飛過圍欄，滾到外面去。所以呢，我就跑去追球，但不知道為什麼，公園的圍欄外面是一條很陡的下坡路，我看到足球愈滾愈遠，自己也跟著往下跑。一路跑到下坡路的底下後，我看到很小一座石橋。很小很小的一座橋橫跨在小河上面。」

「你說什麼？」小結按捺不住地大喊出來。

「不會吧！你也看到了？你的夢裡也出現了石橋？我也夢見了石橋。還有，我也跟你一樣聽見有人在喊『喂——』、『喂——』我是夢見在奶奶家摘梅子，結果不小心讓梅子掉到地上，然後就追著愈滾愈遠的梅子跑下坡。結果，我在下坡路的尾端也看見一條小河，小河上面有一座小石橋……然後石橋的對面有……」

小匠搶先一步大喊：「一棟三角形屋頂的房子！上面有煙囪！」

小結驚嚇過度而說不出話來，就這麼嘴巴開開的愣住不動。

看見小結做出這般反應，小匠也瞪大眼睛發出「咦？」的一聲。

「姊姊，該不會那棟房子也出現在妳的夢裡？」

「嗯，出現過。」小結點頭答道。

「不會吧！」小匠也驚嚇得說不出話來。

小結和小匠都陷入沉默之中，夜叉丸舅舅在兩人面前開口說：

「你們有越過那座橋嗎？」

小結和小匠互相交換眼神後，異口同聲地點頭回答：「嗯。」

「足球滾到小橋的另一邊才停下來，所以我有過去拿。我是說越過小橋去拿。」

聽到小匠這麼回答，小結也接著說：

「我也有越過小橋。不過，我是在第二次作夢的時候。第一次那時候我還沒有越過小橋，就被媽媽叫起床。不過，第二次作夢的時候，又出現同一座小橋，我還看見青梅滾落在小橋的另一邊，所以就越過小橋把青梅撿起來。就在三角形屋頂的房子前面。」

夜叉丸舅舅輪流看著小結和小匠的表情好一會兒，似乎陷入了沉思。舅舅肩上的烏鴉也一副正經的模樣安靜不動。

「你們是被拉進來的。」沒多久，舅舅這麼簡短說了一句。

「被拉進來？」小結和小匠互看一眼後，反問舅舅道。

夜叉丸舅舅一臉嚴肅的表情點點頭後，又一副陷入沉思的模樣，但還是斷斷續續地說了起來：

「我在猜你們聽到的應該是我的聲音。因為我從昨晚就一直想要逃出夢中的這片森林，所以一直到處走來走去向人求救。我心想最好是狐狸家族的哪個成員可以接收到我的求救訊號，所以做了很多嘗試，像是大喊『喂——』或是發揮念力之類的。

我在猜可能是你們偶然接收到我的求救訊號，所以我的夢在那時候跟你們的夢連起來了……等一下，還是我的夢境恰巧跟你們的夢境連在一起，所以你們才會在夢裡聽到我的求救聲？……不管怎樣，總之就是有什麼緣故，讓我的夢境跟你們的夢境連結起來。不同的夢境之間出現一座聯繫的橋梁，所以互相連結起來。要不然我這邊的聲音不可能傳得到你們的夢裡，你們也不可能被拉進來我的夢裡。」

小結等不及夜叉丸舅舅把話說完，便接二連三地說出湧上心頭的疑問：「被拉進去舅舅的夢裡是怎麼回事？話說回來，為什麼舅舅會想要逃出夢中的森林？如果想要脫離夢境，不是只要醒過來就好嗎？根本沒必要發出什麼求救訊號。舅舅，你剛剛說從昨晚就一直想要逃出去，意思是你睡了整整一天？舅舅想要睡多久是個人的自由，但為什麼連我們也要被拉進舅舅的夢裡？你為什麼要把我們拉進去？」

「不對、不對、不對。」

夜叉丸舅舅一臉正經八百的表情，搖著頭說道。

「我可沒有把你們拉進我的夢裡。是那傢伙把你們拉進來的。那傢伙用足球和梅子當誘餌，把你們引誘過來，還讓你們越過石橋。石橋說穿了就是一種橋梁，可以把不同的夢境串連在一起。所以，在完全越過石橋的那一瞬間，你們就進到我的夢裡來了。」

小結的腦海裡浮現一個疑問，但還來不及發問，小匠已經從旁搶先發問：「那傢伙是誰？」

沒錯，小結想知道的正是這個問題的答案。到底是誰把小結和小匠拉進夜叉丸舅舅的夢裡？那個人為什麼要這麼做？

夜叉丸舅舅突然失去鎮靜，一副心神不定的模樣。他環視四周，不知道在觀察什麼。就連舅舅右肩上的烏鴉，也跟著一副不安的模樣不停拍動翅膀。不過，舅舅每次轉頭左顧右盼時，寬鬆的帽緣都會差一點就快撞上烏鴉，所以烏鴉搞不好只是害怕被撞上才會拍動翅膀。

充分環視四周好一陣子後，夜叉丸舅舅終於彎腰貼近小結兩人，盡其所能地壓低聲音說：「我說的那傢伙是夢魔。作夢的夢、魔鬼的魔……就是會在夢裡築巢的妖怪。」

「夢魔？」小結反覆說出陌生的字眼後，與小匠互看一眼。小匠也納悶地歪著頭。

這時，夜叉丸舅舅再次壓低聲音，補充說明：

「萬一不幸被那傢伙附身，被附身的那個人就會不分白天或夜晚，都一直沉睡不醒。夢魔會讓被附身的人睡著，好讓自己可以鑽進

那個人的夢裡。然後，夢魔就會在夢裡築巢，侵占別人的夢。」

「侵占？」小結問道。

「萬一被侵占，會怎樣？」小匠問道。

舅舅壓低聲音回答：「被夢魔侵占的夢會受到操控，然後愈變愈糟，最後搞得一塌糊塗。也就是所謂的惡夢。所以呢，一旦被夢魔附身，除非清醒過來，否則就會一直作惡夢下去。不僅如此，被附身的人還會很難清醒過來。除非被人吵醒，不然就只能一直沉睡下去。」

「咦？這麼說來，舅舅……」小結露出驚訝的表情，直直凝視著夜叉丸舅舅。

「你之所以會一整天都在睡覺，該不會是因為……」

「沒錯，就是這麼回事。」

夜叉丸舅舅點頭回應小結說到一半的話語。舅舅的點頭動作過大，使得寬鬆的帽子隨之晃動，肩上的烏鴉拍起翅膀，發出「嘎！」的一聲表達抱怨。

「我似乎被夢魔附身了。」

夜叉丸舅舅沒有理會烏鴉的抱怨而這麼說。說罷，舅舅偷偷環視深邃的黑暗森林一圈，喃喃低語說：「意思就是，現在這夢中的森林已經被夢魔侵占。夢魔已經在這片森林的不知道什麼地方築巢躲在裡面。你們千萬要小心啊！」

4 夢魔

肩上站著烏鴉的夜叉丸舅舅、小結以及小匠像在互相牽制似的，直直注視著彼此。

沒多久，小結總算重新打起精神開口說：「舅舅，為什麼你好端端地會被附身？我看你八成又跟什麼無聊事件扯上了關係。」

夜叉丸舅舅露出像吃下黃蓮般的苦澀表情，皺起眉頭說：「這根本就是妳媽媽會說的話嘛！小結，妳跟妳媽媽愈來愈像了耶！」

「不是啊……」

小結嘟起嘴巴說道，小匠和烏鴉直直盯著她看。

對夜叉丸舅舅來說，小結的媽媽是他的親妹妹。這位為人可靠的親妹妹總會嘮叨吊兒啷噹的哥哥，所以舅舅一向不擅長與妹妹相處。

讓小結閉上嘴巴後，舅舅自己說了起來：

「我原本是去到熊野的森林找一種名叫『五月雨草』的花。五月雨草是一種夢幻花朵，只會開在熊野的森林深處。不僅如此，五月雨草的花季只有在雨季時的短短幾天時間。五月雨草跟綻放在極樂淨土的蓮花長得一模一樣，而且花瓣顏色不是白色或粉紅色，而是像夏日天空一樣的湛藍色。

為了尋找這個夢幻花朵，我在熊野的森林裡到處走來走去，但就是一直找不到。我看到森林裡很多地方有大樹倒掉，不然就是粗大的樹枝斷成兩截掛在那裡。去年不是有颱風來襲，颳過大風嗎？我猜應該是那時候樹枝被吹斷，或整棵樹被吹倒。

後來我在一棵倒掉的山櫻花樹上，坐下來休息時，發現那棵山櫻花樹的根部有一塊很大的石頭。那塊石頭又大又圓，形狀相當完整。不知道怎樣我就覺得有點在意，所以就把那塊石頭立起來，然後把平整的石頭表面上的青苔刮除乾淨。一刮掉青苔後，我發現石頭靠近下方的位置隱約可看出有三隻猴子的雕像。石頭會刻上三隻猴子的雕像，就表示那塊石頭是庚申塚的塚石[1]。你們也知道吧？就是那三隻用手遮住眼睛、耳朵和嘴巴，人家說『不看、不聽、不說』的三不猴。我猜那顆塚石肯定也是跟櫻花樹一樣被大風吹倒在地。可是，那裡是森林深處，根本不會有人踏進去，怎麼會有庚申塚呢？我納悶地這麼心想時，突然想起一件事。」

「想起什麼事？」

小匠探出身子問道。

夜叉丸舅舅平時總會主動與小結和小匠分享他的冒險故事，這時也以相同的態度描述起來：

「那是我從熊野森林裡的八咫烏鴉[2]那裡聽來的故事。」

所謂的八咫烏鴉，是指以天照大御神的使者身分被派到人間來的

1 庚申塚的塚石，庚申信仰為日本的民間信仰，庚申塚則是指根據該信仰而立在村境的石塔。庚申信仰以青面金剛為本尊、猿猴為使者，所以石塔上有時會刻有金剛像，有時則刻有三猿猴像。

2 八咫烏鴉，是日本神話故事裡，從熊野國為神武天皇帶路到大和國的烏鴉，一般描繪成三隻腳的形象。

烏鴉。到現在仍有許多八咫烏鴉的子孫們在紀伊半島的熊野生活，夜叉丸舅舅似乎從很久以前就與牠們有所往來。

「據說很久很久以前，在距離現在好幾百年前，京城裡的宮家[3]有一位美麗的公主得了怪病。這位公主只是一直沉睡，不論公主的父親大人和母親大人怎麼喊她的名字、怎麼搖她起床，公主都沒有醒來。公主就這樣睡了好幾天，完全沒有要醒來的跡象。

宮家請來好幾位名聲響亮的醫生，卻連原因也查不出來，大家就算想要治療也不知道該從何下手。不僅醫生，和尚或是修行者也都趕來為公主加持或祈禱，試圖驅散病魔，但一樣毫無效果。不僅京城內，公主生病的傳言也傳到了京城外，各地的寺廟和神社每天都向神明祈求公主能夠早日康復。

在這狀況下的某天，一個疑似從事神職工作的老人來到公主家。老人自稱是熊野山中的神社祭司，並且向公主的父親大人和母親大人說了這麼一段話。」

夜叉丸舅舅在這時停頓一下，然後換了個音調以老人的語氣說起話來：「公主大人恐怕是被夢魔附身了。所謂的夢魔就是住在夢裡的妖怪。中國唐朝的古老文獻中，有提到『夢魔能變身成小蟲，在不被人發現之下鑽進夢境深處築巢，並操控人類的夢』。被夢魔附身會一直沉睡，很難清醒過來。不過，正常來說，只要被人吵醒，被附身者

3 宮家是日本皇室的一種制度，起源於12世紀的鎌倉時代，為皇室的分家。

應該就能脫離夢境清醒過來才對。只不過，偶爾還是會聽說有人沒有清醒過來。據說那是因為被附身者在受到夢魔操控的夢裡吃下了什麼東西。一旦在夢魔的夢中吃了東西，那個人就會在夢中被變成非人類的模樣，永遠被關在夢裡。我猜想公主可能是在夢魔的夢裡吃了什麼東西，所以一直被關在夢裡……」

「咦？什麼意思？怎麼回事？」

小結情緒混亂地插嘴問道。

「如果在夢裡吃了什麼東西，就會一直被關在夢裡？」

小匠也嚇一跳地發問。

「被變成非人類的模樣，意思就是被變身成不是人類的其他動物，對不對？」

「沒錯。」舅舅恢復平常的音調點頭說道。

「據說如果在被夢魔侵占的夢裡吃了東西，那個人就會被變成動物，然後一直被關在夢裡。如果演變成那樣的局面，就永遠也離不開夢境。除非打倒夢魔，否則就會永遠困在夢中，一直沉睡不醒。」

「那位公主後來怎麼了？她有獲救嗎？有沒有人打倒夢魔？」

小結接二連三地發問後，夜叉丸舅舅露出正經八百的表情又說起故事來：「後來夢魔被抓到，而且被封印在熊野的森林深處。意思就是熊野的神社祭司在自己的夢裡架起通往公主夢境的橋樑，然後潛入公主的夢裡找出夢魔，並且成功打敗夢魔把牠抓了起來。可是，公主最後並沒有獲救。」

「咦？沒有獲救？」

小結用著像在譴責舅舅似的尖銳口吻反問道。

「沒辦法啊，那是發生在好幾百年前的事情耶。」舅舅說道。

「畢竟那時候根本沒有點滴啊。如果好幾天不吃不喝地一直睡覺，任誰也會難逃一死。公主一度清醒過來，但在那兩天後，還是可憐地喪了命。在斷氣之前，公主留下了遺言。公主說：『等我死了後，請在封印夢魔的熊野之地蓋一座小小的庚申塚，並且在庚申塚的旁邊種一棵櫻花樹。這麼一來，我就可以棲宿在那棵櫻花樹上，好好守護庚申塚，不讓被封印住的夢魔再有機會到人間為非作歹。』」

小結在沉默下來的舅舅面前，緩緩反覆舅舅的話語：

「小小的庚申塚？庚申塚旁邊的櫻花樹？……意思是……意思是舅舅發現的倒掉的櫻花樹，還有翻倒在地的石頭，就是當初的櫻花樹和庚申塚？」

「當下我也跟妳一樣不是那麼肯定。」

夜叉丸舅舅說道。

「不過啊，看見倒掉的櫻花樹和塚石後，我聯想起八咫烏鴉告訴過我的古老故事，所以急忙逃離了現場。畢竟如果那裡真的是封印住夢魔那種可怕傢伙的地方，那當然是不要靠近的好。後來我決定暫時放棄尋找五月雨草，打算先離開森林，哪知道就是離不開森林。我一直走、一直走，但就是走不出森林。在森林裡到處走動時，為了避免迷路，我也沒有忘記留下記號或氣味，但那記號竟然消失不見了。就連想要循著氣味找路也失敗。漸漸地，我開始察覺到森林裡的狀況不太對勁。」

「怎樣不太對勁？」這回換小匠發問。

舅舅突然用指尖抵著嘴唇發出「噓！」的一聲。

「你們聽，又有聲音了。不要發出聲音，豎起耳朵仔細聽。」

小結和小匠照著舅舅的指示，屏氣凝神地豎耳聆聽森林的動靜。

三人都沉默下來後，小結忽然有種籠罩森林的靜謐氣氛慢慢滲入體內的感覺。不過，在一片靜謐的背後，確實傳來非常微弱的沙沙聲響，那聲音聽起來像小葉子的摩擦聲，也像樹木們的嘆息聲。

「……叉丸……那傢伙是夜叉丸、丸……丸……丸。」

「……什麼？你們在做什麼？」

「……結……匠……小結和小匠……」

「……路了？是不是迷路了、了、了。」

豎耳聽著聽著，小結和小匠漸漸瞪大眼睛，忐忑不安地互看。

「那什麼聲音？」

小結不由得壓低聲音，悄悄詢問舅舅。

「那是森林在說話。」

夜叉丸舅舅一邊環視黑暗的森林，一邊說道。

「我之前走來走去尋找出口時，偶爾也會聽見不知道從什麼地方傳來像在竊竊私語的說話聲，後來我總算察覺到是怎麼回事。我發現這裡似乎不是真實世界裡的熊野的森林，而是夢中的森林……我似乎在不知不覺中睡著了。」

「不知不覺中？」

小匠一副感到毛骨悚然的模樣縮起脖子，反問舅舅說道。

「沒錯。我猜我可能以為自己從倒掉的櫻花樹站起來，並且已經離開現場，但事實上根本沒有離開。我現在應該還在那棵櫻花樹旁邊睡覺。我肯定在那棵樹附近被夢魔附身了。夢魔一直耐心等候著。等著可以附身的對象出現……我猜在庚申塚倒掉之後，夢魔就被釋放出來，然後牠一直待在那個地方等待機會降臨。

結果我自己送上門地去到那裡，所以夢魔就立刻附身到我身上。然後呢，我被附身後，馬上就掉進夢鄉。所以我才會一直走、一直走，也走不出森林。這裡是受到夢魔操控的夢中森林。除非有人叫醒我，否則我會一直離不開這裡。畢竟我不會自己醒過來。」

「可是……」小結開口說道。

「舅舅，沒有人會踏進熊野的森林深處，你卻在那裡睡著了，你想會有人來叫醒你嗎？沒有人知道你在那裡睡著了，對吧？狐狸山上的爺爺和奶奶，還有祝姨婆和小季，大家都不知道你被夢魔附身，一直躺在熊野的森林裡睡覺，對吧？」

「麻煩就出在這裡，而且還是個大麻煩。就是因為這樣，我才會一直發出求救訊號。我一直在期待有沒有人會發現我在求救。」

「結果我們接收到了舅舅的求救訊號？」

小匠問道。舅舅點點頭說：「嗯，應該吧。」

「不過，為什麼會是我和小匠？」

小結這麼詢問時，語調中又忍不住夾雜一些譴責的意味。

「為什麼只有我和小匠收到舅舅的求救訊號？」

「誰知道啊，我也很想知道答案。」

夜叉丸舅舅這麼說完後，肩上的烏鴉忽然嘎嘎叫了起來。

小匠直直盯著烏鴉看。

「我從剛剛就一直很想問一個問題，那隻烏鴉是怎樣？為什麼牠要一直停在舅舅的肩膀上？」

「嘎！嘎！嘎！」烏鴉似乎很想表達些什麼。

當然了，無論是小結還是小匠，都聽不懂烏鴉想表達什麼。夜叉丸舅舅代替烏鴉開口說：「我在森林裡走來走去時，這隻烏鴉不知道從什麼地方突然飛過來，然後停在我的肩膀上。不論我怎麼趕牠，牠還是一直要跟著我，最後我只好放棄掙扎，隨牠去了。哪知道牠就這樣一直停在我的肩膀上不走。不過，這裡……應該說我的身體現在還在熊野的森林裡。畢竟說到熊野，就會聯想到那裡是八咫烏鴉的地盤，而且八咫烏鴉以前也為天照大御神的子孫帶路過。我本來在想搞不好這隻烏鴉是天上派來的救星，結果牠也沒有為我帶路。可是，如果要說牠是夢魔讓我看到的幻影，牠似乎也不會使壞。牠就只是一隻喜歡站在我的肩膀上、愛跟人家裝熟的烏鴉而已。」

「嘎！嘎！嘎！」烏鴉又叫了幾聲。或許烏鴉聽到被批評愛跟人家裝熟，所以在抱怨也說不定。

「我還是搞不太清楚狀況……」

為了把偏離主題的對話拉回來，小結插嘴說道。

「舅舅，你剛剛說我們越過的石橋是連結不同夢境的橋樑，對吧？因為這樣，我們越過石橋時才會被拉進你的夢裡，還說是夢魔把我們拉進你的夢裡，對吧？可是，為什麼要拉我們進來？夢魔有什麼目的非要把我們的夢跟你的夢連在一起，引誘我們到這裡來？」

「拜託一下好嗎？」

舅舅露出帶有安撫意味的眼神，對著小結說：

「妳當我是夢魔博士啊？我對夢魔的事情一點也不熟。我只是聽過八咫烏鴉的談話內容，才記得一些事。像是熊野的森林某處有一座庚申塚，然後有一個叫夢魔的妖怪被封印在那裡，還有整件事情的由來，我知道的就這麼多而已。就像我剛剛跟你們說的一樣，我不是說過故事裡打敗夢魔的祭司在自己的夢和公主的夢之間搭起橋樑，讓兩個夢連在一起嗎？我是因為記得這段情節，才會說你們越過的石橋恐怕就是連結不同夢的橋樑……意思就是，我純粹是自己猜想那是連結夢境的橋樑。當初祭司想必是施展了什麼秘招或咒術，才有辦法把兩個夢連在一起，但你們當然不可能有那樣的能耐囉。我的夢和你們的夢會連在一起的原因還是個謎。不過，正因為連在一起，我的聲音才會傳到你們那邊。正因為連在一起，你們才會被拉進這個夢境來。」

「真的是夢魔把我們拉進來的嗎？」小匠一副膽戰心驚的模樣一

邊往樹林深處看，一邊問道。

夜叉丸舅舅點點頭說：「你不是說每次要踢球的時候，足球就會變成一團的毛巾、西瓜或馬鈴薯嗎？這不是惡夢是什麼？讓人作惡夢可是夢魔擅長的伎倆。夢魔肯定在你跟我的夢連在一起後，開始操控你的夢害你作惡夢。然後讓足球在地上滾，把你引誘到我的夢裡。」

「為什麼夢魔要這麼做？」

小結不由得又嘀咕同樣的疑問，同時回想清晨的夢境。清晨的那場夢確實也在途中變成了惡夢。小結原本開開心心地摘著梅子，後來夢境卻變得讓人心裡發毛。只要被小結的指尖一碰，原本無比翠綠的梅子就會立即褪色、萎縮。還有，如同小匠追著足球跑，小結也追著滾遠的梅子跑下坡，最後到達石橋邊。這麼想起來，兩場夢根本是一樣的模式。如夜叉丸舅舅所說，小結和小匠的夢恐怕都是受到同一個不明存在所操控……八成就是受到那個叫夢魔的傢伙所操控。

可是，對方的目的是什麼？

「就跟妳說我對夢魔也不是很了解。拜託妳去問夢魔吧！」

夜叉丸舅舅一副不可靠的模樣，用左手搔了搔頭說道。右肩上的烏鴉保持沉默地歪起頭。

「不過，就算真的去問夢魔也不知道問不問得到。畢竟聽說牠長得像一隻小蟲。」舅舅繼續開口說：

「夢魔哪有可能告訴妳原因。就像蜘蛛會築巢來捕捉獵物一樣，那傢伙也會在夢中築巢，試圖把被附身的對象關在夢裡。那傢伙的天性就是如此。所以呢，當我的夢跟妳們的夢不知因為什麼緣故而連在一起後，那傢伙搞不好就發現妳們的存在，心想又多了兩個獵物上門來。一發現有獵物上門，就會無法控制地想要抓住獵物。那傢伙就是擁有這種天性的妖怪，妳想怎樣也沒輒吧。」

「夢魔也想抓住我們？意思是牠想把我們關在這個夢裡？」

小結開始不安了起來，忍不住環視起夢中的森林。

這時，小匠突然嘀咕一句毫無關聯的話語：「烏鴉也作夢嗎？」

小匠說話時還是一副覺得很稀罕的模樣，一直讓目光投注在舅舅右肩的烏鴉身上。

「咦？烏鴉的夢？」

小結感到納悶地看了看小匠，再看了看烏鴉，烏鴉也用著看似聰穎的黑色眼珠看了看小結，再看了看小匠。

「你們想想看嘛，既然我和姊姊的夢會跟舅舅的夢連在一起，搞不好在熊野森林的烏鴉的夢，也會跟舅舅的夢連在一起。就像我們被拉進舅舅的夢裡一樣，這隻烏鴉應該也是被拉進來這裡的吧？」

「嘎！嘎！嘎！」

烏鴉發出叫聲，並且大幅度地擺動身體，那模樣簡直像在點頭認同小匠的話語。

「真的嗎？你也是被夢魔拉到我夢裡來的嗎？」

「嘎！嘎！」烏鴉叫了兩聲。

「你們看！牠在回答『對』！」

小匠的表情變得明亮，但小結的思緒卻是愈來愈混亂。

「為什麼會連在一起？我和小匠，還有烏鴉，這到底是哪門子的選法？真是莫名其妙。」

「雖然很多事情都很莫名其妙，但這也是沒辦法的事啊。妳別忘了，這裡是夢中世界！」

雖然夜叉丸舅舅這麼說，但小結內心的疑問和猜疑依舊如漩渦般不停繞著圓圈，完全沒有豁然開朗的感覺。

「不過，怎麼說呢，不管原因為何，舅舅真的很慶幸看到你們兩個出現。」夜叉丸舅舅說道。

「我這邊或許沒有人會去叫醒我，但你們就不用擔心了。因為只要你們沒有在這夢裡吃下什麼東西，不久後就會清醒過來，順利脫離夢境。如果你們兩個到早上還在呼呼大睡，你們的囉嗦媽媽……不對，我是說你們的可靠媽媽不可能放任你們一直睡下去。只要媽媽破口大罵，你們就能平安脫離夢境。到時候，你們就把我的危機傳達給你們的媽媽知道。在那之後，她想必就會聯繫狐狸山，然後找人去到熊野解救我。這樣我就安心了。呼——真是太好了。」

舅舅開心地笑瞇了眼睛，但小結和小匠仍然籠罩在不安的情緒之中。惡夢的氣息如冰冷霧氣般，瀰漫整座昏暗的森林。

「等媽媽早上叫我們起床之前，我們要一直靜靜待在這裡嗎？」

小匠一邊環視四周，一邊感到厭煩地說道。

森林再次傳來像在竊竊私語的低喃聲。

「姊姊——」

小結驚訝地倒抽一口氣。

「哥哥——」小匠也猛地抬起頭，定睛細看森林深處。

確實傳來了聲音。確實傳來了不知什麼人的呼喚聲。那聲音十分微弱，所以聽不太清楚，不過……

「小萌嗎？」

小匠一邊豎耳傾聽，一邊如發出嘆息聲般輕聲詢問小結：「剛剛有人在叫姊姊、哥哥對不對？」

小結也與小匠有同樣的想法。剛剛的聲音搞不好是小萌的聲音。

「小萌也被拉進來這裡了？」

小匠抬頭看向夜叉丸舅舅問道。

小結拚命地豎耳傾聽，但已經不再有聲音傳來。

舅舅肩上的烏鴉拍著翅膀，顯得不安地發出吵鬧的嘎嘎叫聲。

「不見得……搞不好是夢魔在搞鬼。」

夜叉丸舅舅小心謹慎地觀察著四周的狀況。

「搞不好是夢魔想騙我們，所以刻意讓我們聽見那樣的聲音。」

「可是萬一真的是小萌呢？」

小結把原本落在森林深處的視線移向夜叉丸舅舅，開口逼問道。

「小萌有可能也被拉進這個夢，在森林裡迷了路，不是嗎？既然我跟小匠都能被拉進來，表示小萌搞不好也來到這座夢中的森林。」

「嘎！嘎！嘎！」烏鴉的叫聲讓人聽了更加不安。

「喂！噓！快閉嘴！」

舅舅抓住烏鴉的尖嘴讓烏鴉安靜下來後，發出沉思的目光凝視著小結和小匠。

「我們去看看嘛！」

小匠露出急迫的表情催促舅舅說道。

「萬一小萌真的迷路，那就太可憐了。小萌搞不好正在哭哭啼啼的，要趕快找到她才行。」

烏鴉被舅舅扣住尖嘴，所以不停地張開翅膀胡亂拍動。

小結和小匠像在瞪人似的，直盯著陷入思考的舅舅。

「好吧。」

舅舅深深嘆了口氣後，終於鬆口這麼說。

「你們兩個說的對，搞不好小萌也來到這裡也說不定。總之，我們去找找看吧！」

舅舅一鬆開烏鴉的尖嘴，烏鴉立刻不停拍動翅膀，從舅舅肩上飛了出去。

「嘎！嘎！」在附近的樹枝上停下來後，烏鴉又叫了起來。

「那傢伙是怎麼搞的？突然變得這麼吵。」

小匠抬頭仰望樹枝，皺起眉頭說道。

「搞不好牠是在叫我們別去。」

夜叉丸舅舅一邊把帽緣往上推，一邊仰望烏鴉。

「我不是說過嗎？天照大御神曾經派烏鴉到熊野當帶路使者。這傢伙身上搞不好也流著八咫烏鴉的血統。你們不覺得牠會這樣大吵大鬧，是想要告訴我們有危險嗎？牠可能在警告我們說：『不要去那邊！那邊很危險！』」

「可是……」

小結開口說到一半時，夜叉丸舅舅點點頭以一句「我知道」打斷小結的話語。

「我知道妳想說什麼。妳想說或許有危險，但也只能硬著頭皮去看看，對吧？畢竟有可能是小萌在呼喚我們。不過，聽好啊，你們一定要謹慎行事。」

舅舅暫時停頓下來，深呼吸一口。接著，舅舅一邊緩緩環視森林，一邊再開口：

「這可能是夢魔設下的陷阱，千萬要記住這點。」

烏鴉的叫聲響遍夢中的森林，樹木們的竊笑聲傳了過來。

5 森林的燈光

烏鴉在樹枝上嘎嘎叫了好一陣子，但在夜叉丸舅舅踏出步伐後，似乎死了心，又飛回舅舅的右肩上安靜地待著。小結和小匠緊跟在肩上站著一隻烏鴉的夜叉丸舅舅後頭，在夢中的森林裡前進。

走著走著，小匠一副忽然想起什麼的模樣，詢問夜叉丸舅舅說：

「舅舅，你說你是去熊野的森林深處找花，對不對？你去找花要做什麼？」

小結想起那時聽到夜叉丸舅舅在尋找花朵時，她也覺得有些納

悶。夜叉丸舅舅總是自稱寶物獵人，為了尋找詭異的寶物而到處遊走確實是他的興趣，但不是為了寶物，而是為了尋找花朵在森林裡徘徊的舉動一點也不像舅舅的作風。要舅舅欣賞花朵，簡直就跟對牛彈琴沒什麼兩樣。

「沒有啊，就是……怎麼說呢，要拿來當禮物。」

舅舅回答得含糊不清。

「要送給誰？」小匠追問後，夜叉丸舅舅慌張了起來。

「送給誰？算是要送給女朋友吧？還是應該說girlfriend？」

「咦？女朋友？」小結立刻做出反應。走在舅舅背後的小結迅速從舅舅左手邊繞到前方，探頭看向寬鬆帽子底下的面孔。

「什麼？是怎麼回事？女朋友是誰？意思是那個人跟舅舅在交往？舅舅什麼時候有女朋友了？」

「沒有啦……就是……那個……」

舅舅一副難為情的模樣用手搓揉鼻子下方。

「也不算是在交往，應該說接下來才要開始交往吧。」

「咦？到底是交往了沒有？」

小結一副不耐煩的模樣詢問後，夜叉丸舅舅總算坦承說：

「對方跟我說：『如果你能摘到五月雨草的花來送我，我就跟你交往。』」

小結和小匠兩人總算搞清楚，不由得同時發出「喔——」。

「原來是這麼回事啊。」小結點頭說道。

「因為這樣，舅舅才會到處尋找五月雨草啊。還跑到熊野的森林深處。舅舅，你就是沒事跑到那種地方，才會被怪東西附身。」

夜叉丸舅舅一邊踩扁落葉，一邊皺起眉頭。

「妳看！我就說妳的這種態度很像妳媽媽。動不動就愛訓話。」

舅舅嘟噥地抱怨道，小結沉默地嘟起嘴巴。

小結幾人都陷入沉默後，樹梢綠葉另一端以及草叢裡開始傳來森林的低喃聲。雖然那些聲音都非常微弱，所以聽不清楚在說什麼，但時而會有一些彷彿朦朧畫面化為清晰影像般的話語明確傳入耳裡。

「你們——要去哪裡——？」

「你們——在做什麼——？」

「……了嗎——？你們——是不是迷路了——？」

小結幾人準備從枝頭上結滿果實的楊梅樹底下走過時，聲音彷彿從天而降般，從頭頂上方傳來。

「很——好吃喔……要——不要吃一個看看——？」

「不要理會那聲音！」

走在前頭的夜叉丸舅舅說道。

「你們沒忘記吧？如果在這森林裡吃了什麼，就會變成動物。」

「不知道會被變成什麼動物喔？」

小匠邊走邊歪起頭問道。

「如果可以變成獅子什麼的，那就太好了。還有，變成老鷹也滿酷的。」

「你在說什麼東西啊？」

小結一臉難以置信的表情瞪視弟弟繼續說：

「萬一變成動物，就離不開夢境了耶！不要說這些蠢話。」

小匠刻意用著小結也聽到見的音量，嘟噥地自言自語說：

「夜叉丸舅舅說的對，姊姊這陣子真的很像媽媽。」

小結發出「吼！」的一聲宣洩湧上心頭的煩躁感。弟弟滿不在乎的悠哉態度讓小結滿肚子火。

走在前頭的夜叉丸舅舅停下了腳步。舅舅豎起耳朵觀察四周的狀況好一會兒後，嘆口氣說：

「聽不到任何動靜。我說的聽不到任何動靜，純粹是指聽不到呼喚我們的聲音。剛剛那呼喚聲確實是從這邊傳出來的吧？」

「小萌！」

小匠突然放大嗓門喊道，害得小結嚇了一大跳。

小匠的聲音響遍整座黑暗的夢中森林。

「喂——小萌！」

「嘎！嘎！嘎！」烏鴉也湊熱鬧地跟著叫起來。

「咦？」

夜叉丸舅舅原本環視著森林，這時視線集中在某處揚聲說道。

「怎麼了？」小結問道，舅舅在她的面前抬高手臂，指向樹林的另一端說：「有燈光。那邊有小小一個點的燈光。」

「咦？哪邊？」小匠朝向舅舅的指尖前方定睛細看。

小結也尋找著夢中森林深處的光線。

樹木之間滲出一道朦朧的光線。那光線看起來確實像是燈光。

「看起來……那裡似乎有一棟房子。」

夜叉丸舅舅看著在遠處亮起的燈光說道。

「我們去看看嘛！」小匠立刻做出反應。

「等一下，這太可疑了吧。在這麼陰森的森林裡突然出現燈光，那肯定是夢魔設下的陷阱。那傢伙肯定有什麼企圖。」

「可是……」小匠說到一半停了下來，小結代替他開口說：

「那棟房子搞不好是我們看到

的『甜點屋』也說不定。」

「甜點屋？什麼東西啊？」

戴著帽子的夜叉丸舅舅歪起頭問道，肩上的烏鴉隨之不鎮靜地晃動翅膀。小匠也微微歪起頭看向小結。小結猜想小匠肯定沒有察覺到自己在夢中看到的三角形屋頂的房子印象，來自於家裡附近即將開幕的蛋糕店傳單上的插圖。

「你忘了喔？就是過了石橋另一邊的那棟三角形屋頂的房子啊。你不是說過你也看到那棟房子？」

「嗯。」小匠點頭應道，小結看向小匠繼續說：

「那棟房子啊，長得跟夾在報紙裡的傳單上的蛋糕店插圖一模一樣。就是一家店名叫作『甜點屋』、馬上就要開幕的蛋糕店的廣告傳單。你應該也看過那張傳單吧？」

「啊……開在車站附近的蛋糕店！」

小匠一副有所驚覺的模樣說道。

「有！我有看到傳單！我看到傳單上面寫開幕時會有促銷活動，還跟媽媽說過到時候要去買蛋糕。原來如此……原來是因為看過那家蛋糕店的插圖，腦袋裡留下了印象，才會夢見屋頂尖尖的、上面還有煙囪的房子啊。」

「你們說的『甜點屋』怎樣了？」

夜叉丸舅舅一副感到焦躁的模樣，打斷小結和小匠的對話問道。

小結這回換成看向夜叉丸舅舅說明：「我和小匠第一次進到夢裡來的時候，都看到了那棟房子。就是在越過石橋的對岸那一邊，有一棟「甜點屋」。也就是說，如果前面的燈光是那棟房子的燈光，就表示前面可能也會有石橋。那裡搞不好就是把舅舅的夢境和我的夢境……或是和小匠的夢境連結在一起的地方。如果那地方還沒有消失的話，我們應該就可以脫離舅舅的夢境吧？我的意思是如果跟來這裡的時候走反方向越過石橋，走到小河的對岸的話。」

「嗯……」夜叉丸舅舅把雙手交叉在胸前，陷入沉思好一會兒。

「這很難說耶，畢竟夢境已經連在一起了。我總覺得就算移動到你們的夢境裡，也沒辦法擺脫夢魔……」

這時，小匠開口說：「可是，剛才聽起來像小萌的聲音是從那個方向傳來的。小萌現在搞不好在那邊也說不定。我們去看看嘛！」

儘管小匠這麼說，舅舅還是表現得十分謹慎。

「等等，你們認真想一下。那光線簡直就像在吸引我們過去一樣。不是有句成語叫作「飛蛾撲火」嗎？」

「撲什麼火？」

小匠提出狀況外的問題，小結從旁解釋說：「飛蛾撲火是一種自然現象，飛蛾看到光會自己往裡面飛去，所以人們會用飛蛾撲火這句話來比喻明知有危險，卻自己特意靠近，最後害自己吃苦頭。」

「一點也沒錯。」

舅舅用力點頭後，又開口說：「如果我們主動靠近那光線，完全就是『飛蛾撲火』。不過也有句俗話說：『不入虎穴焉得虎子。』」

「焉得是什麼意思？」

小匠顯得不耐煩地再次提出狀況外的問題，小結嘆口氣後，向舅舅提出要求說：「舅舅，拜託你不要再說成語、諺語了，這樣只會讓事情更混亂而已。舅舅想表達意思就是，我們去那裡可能會有危險，但如果不冒險一下就找不到突破點改變現狀，對吧？」

「我就是這個意思。」舅舅點頭答道，跟著又陷入思考。

沒多久後，舅舅再次用力點點頭，一副下定決心的模樣開口說：

「好吧，我們就去看看吧！如果真的像小結說的那樣，那裡是連結夢境的地方的話，或許嘗試越過石橋也不是件壞事。而且，我們也要確認小萌是不是真的在那裡。不過，你們千千萬萬要小心謹慎。盡量不要說話，也不可以發出腳步聲。我們要偷偷靠近、偷偷觀察狀況，做得到吧？」

「做得到。」小匠點頭答道。小結點點頭後，舅舅肩上的烏鴉發出「嘎！」的一聲刺耳叫聲。

「噓！」

舅舅再次扣住烏鴉的尖嘴。

「你也給我保持安靜！不要嘎嘎亂叫！給我牢牢地閉上你這張尖嘴！要不然我就把你丟在這裡。」

烏鴉小小聲地發出「嘎」的一聲後，安靜了下來。那模樣簡直就像聽得懂舅舅說的話一樣。

小結兩人與肩上站著烏鴉的夜叉丸舅舅，重新在森林裡前進。這回所有人都放輕腳步，朝向從樹林另一端發出的燈光方向筆直走去。

大家都沉默不語地踏出步伐後，森林裡竊竊私語的低喃聲再次如泛起陣陣漣漪般擴散開來。

為了掌握低喃聲的源頭，小結從剛才便頻頻豎起「順風耳」，但就是無法如願。順風耳是小結從狐狸家族繼承而得的特殊能力。小結擁有可捕捉到隨風而來的聲音、氣味、氣息的能力，但今天發揮不了這項能力。或許應該說小結的這項能力在夢中似乎變得無效。

在這座森林裡，不論是聲音、氣味還是氣息，都沒有源頭。小結拚命地想要尋找源頭，也沒有線索可循。不論是竊竊私語的低喃聲、潮溼的土壤和綠草氣味，或是樹木的氣息，都只是無止盡地在附近一帶飄盪，即使想要循著它們尋找源頭也追蹤不到。

小結死心地在心中暗自嘀咕起來。

這裡是夢境。因為這裡是夢中的森林，所以不論是聲音、氣味還是氣息，都不具有實體。

就在小結歷經一番掙扎時，從樹林之間滲出的燈光已經愈靠愈近。逐漸靠近後，可清楚看出那是從小房子的窗戶流瀉出來的燈光。

森林裡一片昏暗之中，也清楚浮出小房子的輪廓。

從輪廓可看出小房子有三角形屋頂，屋頂上有一根小小的煙囪。

果然沒猜錯！肯定就是那棟房子！

小結保持沉默地與小匠交換眼神後，互相點點頭。

沙沙！咻！

儘管已經盡最大的努力放輕腳步踩在鋪滿潮溼落葉的地面上，還是無法完全扼殺腳步聲。隨著愈來愈靠近小房子，小結的心臟開始撲通撲通地加速跳動。

那會是什麼人的家？不知道是誰住在裡面？

窸窣！沙沙！咻！

小結心驚膽跳，深怕小房子裡的什麼人會聽見她們的腳步聲。小房子已經近在眼前。

小房子果然就是小結在夢中看見的那棟房子。不論是拱門造型的玄關門、帶有煙囪的三角形屋頂，以及玄關旁邊的格子窗，都顯得眼熟。橘色燈光從眼熟的格子窗流瀉而出，滲透到森林裡。

夜叉丸舅舅原本在房子前方佇立不動，這時轉過頭看向小結和小匠。舅舅沉默地以眼神詢問小結兩人：「這棟房子沒錯嗎？」

舅舅想必是在詢問小結兩人在夢中看到的，是否就是這棟房子？

沒錯！就是這棟房子！

小結使力地點頭回應舅舅，小匠也跟著果決地點頭表示認同。

然而，沒有發現石橋的存在。當初進到這個夢境時，房子的玄關位在越過石橋的正前方。照理說，應該還有一條鋪上石板的小徑從石橋延伸到玄關處。

小結環視坐落在樹林的房子四周，試圖尋找石板小徑以及石橋，但遲遲沒發現石橋的存在。腳邊的地面也不見小河流過。

小匠東張西望地觀察四周，似乎也在尋找石橋。

沒多久，小匠用著不能再壓低的聲音低喃：「我們也去房子後面看看吧！」

聽了小匠的話語後，夜叉丸舅舅又沉思了一會兒，但最後用力點頭，動作緩慢地準備繞到房子的另一側。

等察覺時，森林不再傳來低喃聲。靜謐的氣氛宛如沉重的大石壓在小結三人的身上。小結不禁覺得三人的腳步聲變得響亮。

沙沙、窸窣……

沙沙、窸窣、咻……

為了避免太靠近房子，舅舅拉開距離畫大圓圈地朝向房子的後方前進。即便如此，小結還是走得戰戰兢兢。

小結冷汗直流，深怕房子裡的哪個人聽見腳步聲而隨時衝到屋子外頭。

就在三人準備穿過房子側邊時──

側牆的窗戶另一端傳來歌聲。

有人在房子裡唱歌。

「甜、甜、甜、甜、甜點屋，

好、好、好、好、好吃屋！

最棒的甜點屋，

來、來、來、來、來吃吧！

大口大口、咕嚕咕嚕吞下肚！」

說好聽是唱歌，但歌曲的旋律和節奏亂七八糟，根本亂唱一通。

還有，在聽到歌聲的那一瞬間，小結、小匠和夜叉丸舅舅三人都驚訝地倒抽一口氣，愣住不動。就連舅舅肩上的烏鴉也一副吃驚的模樣歪著頭。

「甜、甜、甜、甜、甜點屋，

來、來、來、來、來吃吧！」

那歌聲聽起來有些耳熟。不，根本不是「耳熟」，那完完全全是小結三人十分熟悉的聲音。

三人先凝視窗戶的方向一會兒後，緩緩轉頭互看彼此，最後三人同時低聲喊出相同名字：「小萌！」

「是小萌！那是小萌的聲音！」

小匠又喊了一次後，便朝向窗戶跑去，害得夜叉丸舅舅連喊一聲

「等一下！」的機會也沒有。

一衝到窗戶邊，小匠立刻「哇！」的大喊一聲。在探頭往窗內看的那一刻，小匠早已把舅舅要求保持安靜的那些話語遠遠拋到腦後。

「姊姊！舅舅！你們快過來！小萌在裡面！她正準備吃蛋糕！」

小匠把臉貼在窗戶上，大聲吆喝：

「小萌！快住手！不行！不可以吃蛋糕！」

小結也急忙奔向窗戶邊。從窗戶的格子間看向屋內後，小結也大喊一聲：

「小萌！」

小結看見小萌一臉愣住的表情，隔著窗戶看向她這方。

小萌的右手拿著叉子，叉子上刺著一塊超大的切塊蛋糕。

「小萌！快住手！不可以吃蛋糕！快過來姊姊這邊！快點！」

小結拚命地一邊喊叫，一邊對著準備張口吃蛋糕的妹妹招手。

夜叉丸舅舅也忍不住跟著來到小結和小匠的身後。

「嘎！嘎！嘎！嘎！嘎！」

或許是因為小結和小匠的吆喝聲而受到驚嚇，烏鴉吵鬧地叫個不停。烏鴉從舅舅肩上飛高到屋頂的屋簷上，一邊不停拍動翅膀，一邊大聲叫個不停。

「嘎！嘎！嘎！嘎！」

「小萌！快出來！快過來這邊！」小匠大聲吼叫。

「小萌！過來，快過來姊姊這邊！」小結也大聲吆喝道。

「嘎！嘎！嘎！嘎！」

現場一片大騷動。

多虧小結幾人拚命吼叫，屋內的小萌總算把叉子放到盤子上。

「真是被打敗了……」

小結暫時鬆了口氣時，夜叉丸舅舅在她的正後方嘟噥起來。

「這也太讓人訝異了吧？簡直像在作夢一樣。是說，我們是真的在夢裡就是了。」

「舅舅，你在說什麼風涼話啊？你也快點告訴小萌啊！快跟小萌說不能吃蛋糕！不然萬一小萌吃了蛋糕，就會變成動物耶！」

「我進去好了！我從玄關進去，去把小萌拉出來！」

說著，小匠便準備快跑出去。夜叉丸舅舅趕緊用力抓住小匠的手臂，制止了他。

「等一下，不要太衝動。你看仔細一點。」

「什麼？什麼東西看仔細一點？」小匠忿忿不平地質問舅舅。

「你們兩個都看仔細一點。你們看不出來嗎？這裡……這棟房子真的是名符其實的甜點屋。」

「咦？」小結瞪大著眼睛。

「什麼意思？」小匠也嚇一跳地重新細看眼前的房子。

小結在視野裡清楚捕捉到之前一直沒有發現的景物。「啊！」總算察覺到之前沒能察覺到的事實後，小結不由得再次發出驚嘆聲。

小結探頭看的那扇窗的格子也好，窗框也好，都是以粗大的椒鹽捲餅製作而成。仔細一看後，還會發現牆壁是以餅乾、屋簷是以巧克力製作而成。

「什麼東西？這什麼房子？難不成這房子全是用糕餅做的？」

停在屋頂上的烏鴉又叫了起來：「嘎！嘎！嘎！嘎！嘎！」

「不可能的！哪可能有名符其實的甜點屋……這一定是假的。」

小匠在小結身旁這麼嘀咕後，舅舅指正說：「不是假的。這裡是夢境。」

小結納悶地心想：「為什麼之前我都沒有發現？」這已經是小結第三次看到這棟房子。不過，這次倒是小結第一次實際站到房子前面，從近處觀察建築物。雖然這是一棟以糕餅為材料建蓋而成的房子，但真的蓋得就像正常的房子一樣，如果沒有從近處仔細端詳，根本分辨不出來。

「這是夢境。這是夢魔讓我們在夢中看到的幻象。」

舅舅的低喃聲音傳來。

「嘎！嘎！嘎！嘎！」

小結一邊聆聽烏鴉在屋頂上發出吵鬧叫聲，一邊感到不安地詢問舅舅：「為什麼夢魔要讓我們看到甜點屋這種東西？」

「嘎！嘎！嘎！嘎！」

烏鴉的叫聲讓小結更加不安起來。小結有種就快發生什麼壞事的不祥預感。

「我不知道……不過，這肯定是陷阱。夢魔一定有什麼企圖！」

說著，夜叉丸舅舅準備從房子前面往後退一步。

「嘎！嘎！嘎！嘎！」烏鴉發出像在警告似的叫聲。

就在這時——

小結幾人四周的世界突然翻轉。

那感覺就像忍者屋的牆壁機關轉圈翻到另一面一樣，也像脫掉T恤時正面一下子翻成反面一樣。

圍繞小結幾人的世界瞬間翻轉過來。屋內變成屋外，屋外變成屋內——

小結回過神時，發現自己不是在屋外，而是站在屋內。

小結、小匠和夜叉丸舅舅瞪大著眼睛，發愣地站在甜點屋內。

「現在是怎麼回事？」

小結茫然失措地這麼嘀咕時，小萌的開朗聲音傳進她的耳裡：

「姊姊、哥哥、舅舅，你們也都來了啊？你們都來甜點屋了啊？趕快來吃蛋糕吧！」

「嘎！嘎！嘎！嘎！」被關在屋外的烏鴉發出吵鬧叫聲。

6 甜點屋

小結、小匠和夜叉丸舅舅面帶驚訝的表情看著小萌。

甜點屋的窗戶邊擺設著一張桌子，小萌就坐在那張桌子前面。小萌坐在圍起桌子、帶有椅背的椅子上，手中不知何時又握起叉子。小萌面前的盤子上，有一塊擠上滿滿奶油的草莓蛋糕。

「小萌！不行喔！不要吃蛋糕，快放開叉子。」

小結急忙靠近桌子，從妹妹手中奪走挖起一口蛋糕的叉子。

「為什麼不能吃？」小萌嚇一跳地看著小結。

「很好吃喔！」

「咦？很好吃？小萌，妳該不會已經吃過蛋糕了吧？」

小結急忙問道。小萌露出嚴肅的表情，斬釘截鐵地搖搖頭說：

「沒有吃啊。我還沒吃蛋糕。」

小結鬆了口氣地按住胸口，並與小匠和舅舅交換眼神時，小萌繼續說：「我只吃了一顆愛心形狀的巧克力。」

「什麼！」

小匠大叫出來，並且把眼睛瞪大到不能再大。

「小萌！妳說的是什麼巧克力？在哪裡吃的？什麼時候吃的？」

夜叉丸舅舅驚慌失措地問道，小萌指著眼前的蛋糕說：「就是放在蛋糕上面的愛心形狀的巧克力啊！它本來放在草莓的旁邊。」

儘管整個人完全怔住，小結還是擠出話語向妹妹確認說：

「妳吃了嗎？妳把蛋糕上面的巧克力吃掉了？真的吃掉了？」

「嗯。」小萌一副開心的模樣點頭答道。

「很好吃喔！」

「怎麼辦？」

小結用著求救的眼神詢問小匠和夜叉丸舅舅。

「小萌好像在這個夢裡吃了巧克力。這不太妙吧？」

「不妙。相當不妙。」

夜叉丸舅舅僵住表情嘀咕道。

「可是，好像沒事啊。小萌根本沒有變身成動物。」

小匠凝視著小萌說道。

「嘎！嘎！嘎！」

小結才在想烏鴉這次怎麼叫得特別宏亮，隨即聽見玄關旁邊的窗戶不知道被什麼東西碰撞到的聲響。

小結一看，發現是被獨留在屋外的烏鴉，用整個身軀撞擊甜點屋的窗戶。

夜叉丸舅舅有所驚覺地抬高視線說：

「總之，快離開這裡吧！等出去外面後再來擔心小萌也不遲。」

「也對，早點離開這裡比較好。」

小匠也表示贊同後，朝向唯一的一扇門衝去。

「來，小萌，快過來！」

看見小匠衝到門把前方後，小結牽起小萌的手說道。

「蛋糕呢？不吃蛋糕嗎？」

妹妹的少根筋發言讓小結感到焦躁，忍不住把剛才沒收的叉子連同被挖起的蛋糕塊用力砸向盤子。粗魯的動作使得小結的手指不小心沾到一些觸感輕柔的奶油。

「不吃！我們沒有要吃蛋糕！」

小結這麼發出禁止令時，感覺到手指搔癢難耐。小結彷彿可以聽見雪白光滑的奶油在慫恿她的聲音。

——很好吃喔！好吃的奶油、好吃的草莓。很好吃的蛋糕喔！妳可以試吃一下沾在手指上的奶油味道看看！用舌頭舔一下看看……

「天啊！門把壞掉了！沒辦法，這門把是用馬卡龍做成的！我用力一握就碎了！」

小匠的吼叫聲讓小結回過神來，小結趕緊把沾在指尖上的奶油抹在盤子的邊緣上。

「來，小萌，我們走！」

小結再次催促後，小萌才總算心不甘情不願地從椅子上站起身子，離開桌子前。

小匠和夜叉丸舅舅在門口，全身使勁地撞擊餅乾做成的門。

「1、2、3！」兩人配合步調，一起用身體猛力撞擊餅乾門。

然而，餅乾門不動如山。

「這什麼門？餅乾有可能這麼硬嗎？這根本比鐵還硬！」

小匠發起牢騷說道。

「也讓我來試試看！」

小結靜不下來，於是擠進小匠和舅舅中間說道。

小結張開雙手把掌心貼在餅乾門上，接著使出渾身力量用力推門，但餅乾門根本不把小結當一回事。不論小結如何拳打腳踢，甚至用身體撞門，餅乾門依舊頑固地動也不肯動一下。

「我說的沒錯吧？真的推不動吧？」

聽到小匠這麼說，小結沮喪地承認事實說：

「推不動。一動也不動。」

「真奇怪，這門的觸感摸起來明明是餅乾沒錯。而且，也聞得到餅乾的香氣……可是，試著要把它撞開時，卻一點辦法也沒有。真是的，這到底是什麼狀況？」

夜叉丸舅舅也一副感到難以置信的模樣，注視著餅乾門說道。

「嘎！嘎！」

烏鴉又從屋外撞擊窗戶，而且一次接著一次反覆撞擊。

「好！換窗戶試試看！」舅舅衝到窗戶邊。

舅舅扶住窗框，發出「嗚——」的聲音使力地試圖打開格子窗。

「崁在這格子窗裡面的不是玻璃耶！居然是壓成薄薄一片的糖果！這窗戶是用椒鹽捲餅當窗框、糖果片當玻璃做成的。」

既然如此，應該很容易就能打破才對，但烏鴉撞來撞去，卻遲遲不見糖果窗裂開來。

舅舅決定嘗試不同方式來破窗。他脫下帽子，跟著用帽子抵住窗戶，最後朝向帽子裡用力揮拳。

「好痛啊——」甜點屋的窗戶硬是彈回舅舅的拳頭，舅舅的拳頭因此受到反彈力道的衝擊。

舅舅強忍住拳頭的疼痛感，換成朝向窗戶使出連環飛踢，無奈還是失敗收場。

看來憑夜叉丸舅舅的飛踢絕招，也無法撼動椒鹽捲餅做成的窗框，以及薄薄的糖果片。

「可惡！搞什麼啊！為什麼都打不破！」

夜叉丸舅舅一副焦躁不已的模樣，卯起來地反覆使出飛踢。

「好！我也來踢踢看！」

小匠也抬高腳，準備跟著舅舅一起踢窗戶。

「嘎！嘎！嘎！」

烏鴉也在屋外持續用身體撞擊窗戶。

即便如此，還是沒能成功。

糖果做成的窗戶也跟餅乾做成的門一樣堅不可摧。即使反覆用身體撞擊、用腳踢擊，窗戶還是完好如初，甚至一道裂縫也沒出現。

小匠和夜叉丸舅舅都累得氣喘吁吁。

「讓開！」

小結終於狠下心地從桌子前舉起一張椅子。

小結早已發現椅子也是以沙布列餅乾和椒鹽捲餅做成的。

「妳、妳想怎麼做？」

小匠從窗前拉開距離，瞪大著眼睛看向小結問道。

「你們讓開一點喔！我要用椅子撞開窗戶！」

朝向小匠和舅舅這麼說之後，小結用力舉高椅子。

所謂以牙還牙，現在就來個以糕餅還糕餅！小結心想如果拿糕餅做成的椅子，搞不好能夠撞破糕餅做成的窗戶。

「看我的！」高高舉起椅子後，小結使出全力把椅子砸向窗戶。

小匠迅速抬高手臂，下意識地用手保護頭部。

照理說椅子應該會撞上窗戶，然後發出噹啷一聲才對，但奇怪的事情發生了。

椅子沒有撞上窗戶，也沒有發出噹啷聲響。小結丟出去的那張椅子簡直就像被窗戶吸進肚子裡一樣消失不見。椅子不是因為貫穿窗戶才消失不見，而是就這麼憑空消失。

「有、有撞破嗎？」

小匠戰戰兢兢地從手臂底下探出頭來，對著小結問道。

「不見了……我明明已經把椅子丟出去……眼看椅子就要撞上窗戶的那一刻，突然消失不見了。」

小結在窗前呆立不動地答道。這時，夜叉丸舅舅在一旁說：

「這是夢魔搞的鬼。」

舅舅皺起眉頭，一臉嚴肅的表情。

「這一切都是幻象。夢魔變出幻象給我們看，而我們只是被那幻象甩得團團轉而已。」

「可是，原因是什麼？」

小結問道。

「為什麼夢魔要讓我們看到這些幻象？讓我們看見甜點屋的幻象，還把我們關在甜點屋裡面？這一切究竟是為了什麼？」

舅舅回答不出來。小匠也一副不安的模樣沉默不語。

「欸，我們一起來吃蛋糕嘛！」

小萌說道。

小結驚訝地轉頭一看後，發現小萌又坐回桌子前，邀約小結幾人一起吃蛋糕。

「小萌，不是說過不能吃嗎？」

說著，小結察覺到一件事而驚嚇不已。

消失不見的椅子出現了。不僅如此，不知不覺中，桌上已排著四組盤子和茶杯。茶杯裡就像有人剛剛倒入熱茶一樣，冒著熱騰騰的白煙。還有，每只盤子也各自盛上不同種類的蛋糕。

小萌眼前的盤子上有一塊完整的草莓蛋糕，在那旁邊的盤子上有一塊小匠愛吃的巧克力蛋糕。巧克力蛋糕旁邊的盤子上有一塊裝滿水果的蛋糕塔，水果塔旁邊的盤子上則有一塊小結愛吃的法式千層酥。

桌子四周圍繞著四張椅子，桌上排出四只茶杯以及四種糕點。

那景象看起來簡直就像一開始便做好迎接四位客人的準備、簡直就像一開始便為了小結四人準備好蛋糕以及熱茶，只是小結幾人沒有察覺到而已。

「快點來嘛！姊姊、哥哥、舅舅，你們也一起來吃蛋糕嘛！」

小萌又開口邀約小結幾人後，伸手拿起盤子上的叉子。

「就跟妳說不能吃……」

小結嘴裡這麼說，兩隻腳卻不知為何不受控制地試圖讓她往蛋糕的方向靠近。

小匠和夜叉丸舅舅也像被催眠似的，搖搖晃晃地慢慢走近桌子。

「這是陷阱。」

夜叉丸舅舅一邊往放著水果塔的座位走近，一邊說道。

「夢魔這傢伙把我們關在甜點屋裡面，打算讓我們吃下蛋糕。」

「哇！不要、不要！我快被蛋糕吸過去了！」

小匠發出慘叫聲。蛋糕吸引著……應該說有一股無形的力量把小結幾人強行拉靠近蛋糕。

在這股不可思議的力量操控下，小結終於忍不住拉開法式千層酥前方的椅子，一屁股坐了上去。

小匠在小萌旁邊的巧克力蛋糕座位、夜叉丸舅舅在小萌對面的水果塔座位坐了下來。

茶杯裡冒出的紅茶熱氣撲鼻而來。那味道香極了，簡直讓人無法相信這是一場夢——

「耶！」

看見小結幾人在桌前入座後，小萌興奮地發出聲音。

「大家一起吃蛋糕吧！吃蛋糕！」

「小萌！現在不是該開心的時候！絕對不可以吃！」

小匠嘴裡這麼說，手卻朝蛋糕盤子上的叉子伸出手。

「大家努力撐住！絕對不可以吃蛋糕！」

舅舅這麼大聲吆喝，但也伸手握著叉子。

「不行！我的身體不聽使喚！」

小結一邊凝視自己的右手朝向叉子慢慢伸去，一邊大聲喊道。

這就是夢魔的目的！

小結暗自思考起來。

夢魔把我們引誘到甜點屋來，讓我們吃下蛋糕，打算把我們全都變成動物！因為一旦變成動物，就會離不開夢境！

察覺到夢魔的目的後，小結不禁感到毛骨悚然。

夢魔打算把我們所有人都關在夢裡！

「我要開動了！」

小萌直接用手抓起蛋糕上面的草莓，整顆丟進嘴裡。

「啊！」小結叫了一聲。

坐在小萌旁邊的小匠拚命地朝向妹妹大喊：

「小萌！不可以！就跟妳說不能吃蛋糕！」

「小萌！快把草莓吐出來！」

夜叉丸舅舅也在對面座位大聲喊道，但小萌一副根本聽不見兩人在說話的模樣，不停動著嘴巴咀嚼。

然而，儘管小匠和舅舅大聲嚷著阻止小萌，他們卻也已經拿著叉子，準備動手切下一口蛋糕。

「不行！不行！停下來！給我停住！」

小結發出聲音試著命令自己的手。可是，小結的手沒有停下來。叉子發出酥脆聲響切下一小塊法式千層酥，並突然舀起來要往小結的嘴邊送。

叉子上的法式千層酥慢慢逼近小結眼前。

「嘎！嘎！嘎！嘎！」

烏鴉又在屋外吵吵鬧鬧起來。

咚！咚！烏鴉不停撞擊窗戶，也持續發出叫聲。

「嘎！嘎！嘎！」

不行！不可以吃！

小結心中這麼對自己說。她咬緊牙根，奮力不讓自己張開嘴巴。

叉子上的法式千層酥慢慢逼近，並且對著小結輕聲細語。

——來，很好吃喔！嘗一口吧！妳不是很愛吃法式千層酥嗎？張大嘴巴吃一口看看嘛——

我快撐不住了！

小結就快向法式千層酥投降了。

「舅舅，你趕快想辦法解決啊！」

小匠一邊別開臉不看巧克力蛋糕，一邊大喊。

「這原本是你的夢，不是嗎？你快點讓蛋糕消失不見啊！也讓甜點屋消失不見！你趕快想辦法不要讓夢魔侵占啊！」

就是啊！這是夢境，一切景象當然都是虛幻的！

小結加重手臂的力道，努力不讓叉子靠近她的嘴邊。為了甩開幻象，小結堅定地在心中發揮念力。

給我消失不見！給我消失不見！什麼鬼蛋糕快消失不見！

小結看見坐在對面的小匠已經慢慢張大嘴巴。

「小匠！不可以吃！」

小結大聲喊道，但此時法式千層酥也已經來到她的嘴邊。無論小結有多拚命地想要拉開距離，但手臂就是不肯乖乖聽話。

小結想都沒想過竟然會有必須對抗自己手臂的時候。

坐在隔壁的夜叉丸舅舅突然念起咒語：

「恩可幸、雷可幸雷、瑪塔雷亞、蘇哇卡！

恩可幸、雷可幸雷、瑪塔雷亞、蘇哇卡！」

小結瞥了舅舅一眼後，發現舅舅緊緊閉上眼睛，顯得十分專注。

不過，裝滿水果的蛋糕塔已經抵達雙眼緊閉的舅舅嘴邊，正準備被一口咬下。

「恩可幸、雷可幸雷、瑪塔雷亞、蘇哇卡！幻象消失！」

舅舅這麼大喊時，叉子順勢把水果塔送進舅舅大大張開的嘴裡。

「舅舅！」就在小結大喊一聲的那一刻——

噹啷！巨大的碎裂聲響起，一團黑黑的物體衝進屋內。

烏鴉飛進來了。

「嘎！嘎！嘎！」

烏鴉終於撞破窗戶了。飛到桌子的正中央停下來後，烏鴉發出尖銳的叫聲。

這時，小結四周的甜點屋景象融化似地扭曲變形起來。

茶杯、盤子、桌子、牆壁、窗戶、餅乾門……還有小結拿在手上的叉子，以及準備一口咬下的法式千層酥；一切都像被流水沖刷過似地變得模糊，最後漸漸消失。

四周也已不再傳來紅茶

的香氣。

等到察覺時，小結發現自己坐在橫倒的樹幹上，樹幹底下鋪滿溼漉漉的落葉。夜叉丸舅舅和小匠近在小結的眼前，兩人各自坐在大石頭上。小結三人的四周圍繞著遼闊無際的深邃森林。甜點屋已經消失不見。昏暗的森林裡找不到任何三角形屋頂的房子，也看不到從窗戶流瀉出來的小小燈光。

「小萌呢？」小結驚愕地從樹幹上站起身子問道。

「嘎！」解救小結幾人脫離危機的烏鴉拍動著翅膀飛到舅舅的肩上後，叫了一聲。

然而，四周都沒有小萌的身影。所有人都在，惟獨小萌不見了。

「小萌跑哪兒去了？」

小匠也從石頭上站起身子東張西望，慌張地環視四周。

然而，夜叉丸舅舅卻是一點也不慌張。任憑烏鴉停在自己的肩膀上後，夜叉丸舅舅依舊穩穩地坐在石頭上，他對著小結兩人說：

「小萌打從一開始就不在這裡。」

「咦？」小結面帶驚訝的表情注視著舅舅。

「剛剛那也是夢魔讓我們看見的幻象。我們所看到的小萌是幻影，所以她也跟著甜點屋一起消失不見了。」

小匠瞪大著眼睛，重複一遍舅舅說的話：

「幻影……小萌是幻影。」

「沒錯。」舅舅點點頭後，繼續說：

「那肯定是用來引誘我們的誘餌。夢魔刻意讓我們看見小萌的幻影，好把我們騙進去甜點屋。所以，剛剛看到的小萌才會不管是吃了愛心形狀的巧克力，還是吃了草莓，都平安無事。明明在夢中吃了東西，卻沒有變成動物。」

小結和小匠發愣地互看彼此，兩人此刻的心情還真的像是在作夢一樣。

剛才看到的小萌、那個不停咀嚼草莓的小萌居然是幻影！那個小萌居然是用來引誘小結幾人的誘餌！

小結感到難以置信，也不願意相信，但小萌的身影確實已經消失不見，連同甜點屋，活生生地在小結幾人面前消失得無影無蹤。

小結的內心一片混亂，忍不住開口詢問舅舅：

「為什麼甜點屋會消失不見？因為烏鴉撞破窗戶的關係嗎？」

「嘎！」烏鴉在舅舅肩上叫了一聲，那模樣顯得有些得意。舅舅輕輕聳起停著烏鴉的右肩說：

「應該是多虧烏鴉幫我們撞破窗戶，幻象才會出現破綻吧。破綻使得幻象瓦解，夢魔變出來的那棟甜點屋因此才會輕易消失不見。不過，我們嘗試破壞那麼多次都沒有成功，那扇窗戶烏鴉用身體撞了好幾次也一直撞不破，為什麼那個時候能夠順利撞破……難道是因為被狂踢敲打，又被烏鴉用身體反覆撞擊，最後終於承受不了才破掉……不對、不對，應該是我剛剛念的庚申曼特羅發揮了作用才對。」

「什麼是庚申曼特羅？」

小匠迅速問道，舅舅一臉得意的表情開始說明：

「所謂的曼特羅，怎麼說呢，意思就跟咒語差不多。然後庚申曼特羅，就是在庚申日那天念誦的咒語。庚申是六十干支之一，以曆法來說，一年三百六十五天都有各自搭配的干支，以每六十天為一個循環就會遇到庚申日。庚申日從以前就被稱為是一個特別的日子。據說在庚申日的晚上，住在人體內的三隻蟲，也就是所謂的『三屍蟲』會飛到天庭去向天神打小報告，說一些有的沒的事情以及人類的罪過。天神聽到三屍蟲的稟告後，就會處罰有罪的那個人，讓他的壽命變短。大家當然不願意自己的壽命縮短，所以古時候的人到了庚申日的晚上就會熬夜，一整晚都不睡覺。意思就是，人們會為了不讓三屍蟲脫離身體而守夜。就這樣，大家會在庚申日的晚上聚在一起，徹夜不眠地守到天亮的做法被稱為『守庚申』。有些人也會選擇在那天晚上躲進寺廟或神社裡念誦咒語，也就是我剛剛說的庚申曼特羅。庚申曼特羅的內容是在祈求神明封印三屍蟲，說穿了就是用來封印惡蟲的咒語。」

聽完舅舅的冗長說明後，小結和小匠發愣地互看彼此。

「那個咒語也能用來對付夢魔啊？」小結問道。

「呵呵。」

夜叉丸舅舅用鼻子哼笑後，顯得更加得意地繼續說：

「我剛才不是跟你們說過京城公主的故事嗎？還記得嗎？公主請人在封印夢魔的地方蓋一座庚申塚，並且要求在庚申塚的旁邊種一棵櫻花樹。也就是說，一直以來都是庚申塚和公主的靈魂守護著封印夢魔的地方。根據八咫烏鴉的說法，夢魔有可能原本就是三屍蟲。聽說奉命於天神的三屍蟲當中，有一隻蟲因為長期寄生在某個狠毒的人類體內，最後變成了妖怪。我就是因為懂得這麼深奧的知識，才知道要念誦庚申曼特羅。總而言之多虧有我在，大家才能夠逃出甜點屋。」

儘管被人從旁搶走功勞，烏鴉卻是毫無怨言，依舊乖巧地站在舅舅的肩上。

舅舅深深嘆了口氣。

「呼——突然覺得好累喔！畢竟我剛剛全神貫注拚命念咒語。」

小結看著大言不慚的舅舅背影，忽然發現舅舅背後不知有什麼東西在晃動。

什麼東西啊？

小結這麼心想而定睛細看時，看見那東西從舅舅背後迅速晃過。

「啊！」小匠先叫出聲音來。小匠因為眼前景象令人難以置信，而不停地眨眼，並指向舅舅的背後說：

「舅、舅、舅舅！你、你、你的尾巴！你的尾巴露出來了！」

「咦？你說什麼？尾巴？」

夜叉丸舅舅頓時發愣地看著小匠，但下一秒鐘，立刻從石頭上彈跳起身，驚慌失措地尋找著自己的尾巴。

「哇！」舅舅大叫一聲。

「我、我的天啊！尾巴、我的尾巴露出來了！」

原來是毛髮蓬鬆的狐狸尾巴在舅舅的背後晃動。這也難怪舅舅會如此驚慌失措。對狐狸家族來說，在人類面前露出狐狸尾巴可說是丟臉丟到家的失敗行為。

烏鴉嚇一跳地叫了幾聲後，從舅舅的肩上飛起。振翅飛起的烏鴉就這麼飛到小結身旁的樹枝上停下來。

「嘎！嘎！嘎！嘎！」

「舅……舅舅……」小結也驚訝地瞪大著眼睛。

「啊！」小匠又輕聲叫了一聲。

小結一邊目不轉睛地盯著眼前的舅舅看，一邊開口說：

「好像不是只有尾巴露出來而已。舅舅，你開始慢慢變回狐狸的模樣了。你看！你的手臂和腳都慢慢長出狐狸的毛！」

7 甦醒

如同小結說的。

夜叉丸舅舅不只是露出尾巴而已。舅舅從人類化身的模樣，漸漸恢復成狐狸的模樣。

包括臉、手臂、軀體、雙腳，舅舅全身一點一點地慢慢變形，也慢慢長滿狐狸的毛。

舅舅用雙手摸摸臉又摸摸頭，愣在原地低頭看著自己逐漸改變模樣的身軀。忽然間，舅舅大受驚嚇地僵住表情。

「不、不、不對……」舅舅努力地擠出聲音說道。

「不對。我不是變回狐狸的模樣！」

看見小結和小匠不明白意思而杵在原地不動，舅舅露出心急的眼神說：「現在這感覺完全不像平常從化身模樣變回狐狸時的感覺！我現在不是在變回狐狸！我是快要變身成狐狸！」

「有什麼差別？」

小結不明白意思而反問道。

「這是詛咒，夢魔的詛咒。」

舅舅的不祥發言讓小結和小匠全身僵硬起來。

「詛、詛咒？」小匠一副恐懼的模樣反問道。

「水果塔！」舅舅這麼大喊一句後，繼續說：「我剛剛在甜點屋不小心吃了一口水果塔。」

這麼說來，好像是耶……

小結想起剛才的畫面。在甜點屋消失不見的前一刻，小結確實看見舅舅手拿叉子把水果塔塞進嘴裡。

不過，在那之後，幻象便立刻消失不見。紅茶、蛋糕、叉子等所有一切都連同甜點屋一起消失不見，照理說舅舅嘴裡的水果塔應該也跟著消失了才對啊？

「可是，舅舅，你只是把水果塔放進嘴裡而已，不是嗎？你沒有吞下去吧？如果沒有吞下去，就不會中夢魔的詛咒，不是嗎？」

「我本來也這麼想。」

夜叉丸舅舅頂著一張愈來愈尖的臉，一臉悲傷地說道。

「可是，看來似乎沒那麼幸運。意思就是在這夢裡只要把食物放進嘴裡，就逃不過詛咒。我，被變成狐狸了。」

小匠大喊大叫說：

「本來就是狐狸的舅舅被變成狐狸？這……這太奇怪了吧！」

然而，小匠大喊大叫也無濟於事。夜叉丸舅舅的模樣每一秒都持續變身成狐狸。

「不可以啊！舅舅！」小匠用著泫然欲泣的聲音大喊道。

「萬一舅舅變成狐狸，就一輩子都離不開這場夢，不是嗎？人家不要舅舅變成那樣！」

然而，舅舅已經幾乎完全變成一隻狐狸。舅舅的頭上竄出三角形的耳朵、尖起的臉覆蓋上一層細毛，鼻子兩側也長出長長的鬍鬚。

「你們去抓住夢魔把牠封印起來！只要封印住夢魔，這場夢也會消失。到時候……」

「要怎麼做？要怎麼做才能抓住夢魔？封印的方法呢？」

小結心急地詢問一步步變身成狐狸模樣的舅舅。

「蛇……」

舅舅話說到一半就停了。

舅舅終究徹底變身成一隻狐狸。

小結和小匠注視著狐狸模樣的夜叉丸舅舅，一句話也說不出來。

停在樹上的烏鴉緊閉嘴巴，直直俯視著舅舅。

「舅舅！」

儘管小結出聲呼喊，變成狐狸的舅舅也只是流露出悲傷的眼神仰望著小結和小匠。看來舅舅已經無法說出人類的語言了。

「可憐的夜叉丸舅舅。」小匠輕聲說道。

「既然要被變身，應該要變成其他動物啊……舅舅本來就是狐狸，卻還被變成狐狸，這樣一點變化感都沒有，太無趣了吧。」

「這不是重點吧？」小結訓誡小匠說道。

「重點是舅舅現在中了夢魔的詛咒，被關在這場夢裡。如果不趕快想辦法解決，舅舅就會一直沉睡下去，永遠醒不來了。」

「要想什麼辦法？」即使小匠這麼詢問，但小結也毫無頭緒。

小結回想著剛才詢問該如何封印夢魔時，夜叉丸舅舅試圖傳達訊息而脫口說出的字眼。

「舅舅剛剛說的『蛇』不知道是什麼意思？」

小結凝視狐狸的雙眼，目光中流露出詢問之意。然而，狐狸舅舅只是抬頭仰望著小結，一副很想表達什麼的模樣不停抖動鬍鬚。

「舅舅，要怎樣才找得到夢魔？要怎麼做才有辦法封印夢魔？」

儘管知道問也是白問，小結還是忍不住試著問問看。「嗷——」狐狸舅舅叫了一聲。

小結覺得舅舅應該聽得懂她說的話。只不過，舅舅已經沒辦法開口說話。現在這樣子，恐怕很難詢問舅舅打敗夢魔的方法。

「舅舅說過夢魔是一隻小蟲，對吧？」

小匠縮起脖子，環視昏暗的森林一圈。

「這樣怎麼有辦法找到一隻小蟲？這麼大一片森林……」

看見小匠的舉動後，小結也跟著環顧起茂密的樹林之間。烏鴉和狐狸也跟著小結一起觀察森林的狀況。

小結心想：**小匠說得有道理**。

這片森林實在過於遼闊。有可能從如此遼闊的森林中，找出一隻小蟲嗎？就算真的找出小蟲，小結也根本不知道封印夢魔的方法。

小結努力思考著有沒有什麼好辦法，但脫口而出的不是好點子，反而盡是嘆息聲。

就在這時——

「姊姊！」

不知何處傳來微弱的聲音。

一片漆黑的森林裡傳來呼喚聲。

小匠也一臉訝異的表情豎起耳朵傾聽。看來剛才的呼喚聲也傳進小匠的耳裡。

「姊姊！」

聲音再度響起，小結和小匠吃驚地互看彼此。

那是小萌的聲音。

「我說姊姊啊……」

小萌的聲音愈來愈大聲，似乎一點一點地朝向這裡靠近。

會不會又是夢魔想要讓小結兩人看見小萌的幻影？

「我說姊姊啊！妳快起床嘛！」

咦？起床……？

「小結姊姊！小匠哥哥！你們要睡到什麼時候？媽媽說可以吃飯了耶！」

小結突然恢復意識，那感覺就像從深幽的水底，猛然浮出明亮的水面一般。

小結看見熟悉的天花板、熟悉的棉被、熟悉的房間光景。

這裡不是夢中的森林！這裡是小結自己房間的床鋪，每天起居的地方！

小結猛地挺起身子，從床上俯視下方後，看見小萌站在房門口。

「姊姊，妳乖乖起床了喔？哥哥也快點乖乖起床喔！快點！快點！要吃飯了！人家已經叫了好幾次，但你們都不起床！」

小萌擺出雙手叉腰的姿勢這麼說完後，大大鼓起腮幫子。

小匠忽然從下鋪探出頭來，仰望小結說：

「姊姊，我們現在不是在夢裡吧？這裡是我們家吧？」

「應該吧……」

小結仍然懸著一顆心，不安地緩緩環視熟悉的房間一圈。

不論是兩張並排在一起的書桌、牆邊的五斗櫃、掛在窗前的窗簾，房間裡的一切一如往常。

明亮的晨光從窗戶另一端灑落屋內。

昏暗的夢中森林景象彷彿已經被陽光一揮而去。

「應該沒事了。」說罷，小結一腳踢開棉被。

「我們脫離夢中的森林回到家了！」

小結爬出被窩，一邊走下梯子到地板上，一邊對著在下鋪的小匠乾脆俐落地說：「快點！要趕快去跟媽媽報告舅舅的事。媽媽的話，一定可以幫我們想出什麼好辦法的！」

「嗯！」

小匠也幹勁十足地點頭應道，並迅速爬出被窩。

「你們兩個都去好好刷牙洗臉，把衣服換好過來。」

雖然小萌還在對著兩人學媽媽講話，但小結和小匠根本沒心思理會。小結和小匠爭先恐後地直奔客廳。

「媽媽！爸爸！大事不妙了！」

小結率先衝進客廳後，立刻大聲喊道。

小匠也不服輸地放大嗓門說：

「夜叉丸舅舅出事了！舅舅被夢魔附身了！」

趁著小匠停頓下來的瞬間，小結又開口插嘴說：

「你們聽我說，舅舅在夢裡把一小塊水果塔放進嘴巴裡。然後呢，舅舅就中了夢魔的詛咒，被變成狐狸了！」

爸爸早已坐在餐桌前，正忙著幫大家在吐司上塗抹奶油。爸爸露出納悶的表情抬起頭說：

「咦？變成狐狸？可是，夜叉丸舅舅本來就是狐狸啊！」

「不是那樣子的。舅舅本來就是狐狸沒錯，但因為中了夢魔的詛咒，被變成普通的狐狸了。」

小結抱著焦躁的心情做起說明：

「意思就是，舅舅已經沒辦法變身，也沒辦法說話。更嚴重的問題是，一旦中了詛咒就再也離不開夢境。所以……」

「所以，媽媽，妳快點想辦法啦！」

小匠硬是接下小結的話語，對著廚房裡的媽媽提出訴求。

「妳快點想辦法救舅舅！只要抓住夢魔把牠封印起來，舅舅就可以脫離夢境。」

像是要蓋過小匠的話語似的，小結也開口說：

「媽媽應該知道吧？我是說封印夢魔的方法。很久以前，京城的公主被夢魔附身時，聽說熊野的神社祭司進到公主的夢裡打敗了夢魔。媽媽應該知道祭司當初是怎麼打敗夢魔的吧？」

爸爸停下塗抹奶油的動作，一副吃驚的模樣凝視小結和小匠。

媽媽端著盛上熱騰騰培根蛋的盤子從廚房裡走出來時，也是一臉愣住的表情盯著滔滔不絕的小結和小匠。

「等等，你們先冷靜一下。」媽媽說道。

「好好照事情的先後順序說明給我聽。你們剛剛有提到夢魔，對吧？還說舅舅被夢魔附身……可是，你們怎麼會知道這些事？」

「因為我們也在夜叉丸舅舅的夢裡啊！」小匠說道。小結看得出來媽媽和爸爸的腦海裡都浮現一個大大的問號。

「你們聽我說，我和小匠好像是被拉進舅舅的夢裡。」

這麼做了開場白後，小結照事情的先後順序描述起來：

「我和小匠都在夢裡越過一座跨在小河上的小小石橋。照舅舅的說法，似乎是那座石橋把我們的夢

和舅舅的夢連在一起。我不知道我們的夢為什麼會連在一起，但我和小匠確實都為了追愈滾愈遠的梅子和足球，所以越過那座石橋。意思就是，我們都跑到了舅舅的夢裡。好像是夢魔設下陷阱讓我和小匠追著梅子和足球跑，目的就是為了引誘我們進到舅舅的夢裡。我和小匠都不小心掉進陷阱，被拉進夜叉丸舅舅的夢裡。」

一口氣描述完事情經過後，小結喘口氣休息時，媽媽插嘴詢問：

「不過，夜叉丸舅舅到底是在哪裡被夢魔附身？」

「舅舅說是在熊野的森林深處。」小匠答道。

「夢魔原本被封印在那裡的森林深處。可是，一直守著夢魔封印的庚申塚和櫻花樹被颱風還什麼的弄倒了，所以讓夢魔逃了出來。那個地方是森林深處，根本不會有人經過，誰知道夜叉丸舅舅恰巧經過那裡，結果就被夢魔附身了。夢魔附身後就施法讓舅舅睡著，然後侵占了舅舅的夢！」

小結也替小匠補充：

「夢魔打算把舅舅，還有被拉進舅舅夢裡的我們兩個關在夢裡。如果在夢魔操控的夢裡把食物放進嘴裡，就會被夢魔的詛咒力量變成動物。舅舅說過一旦變成動物，就會永遠離不開夢境。夢魔在夢裡變出一間甜點屋，然後舅舅在甜點屋裡不小心把一小塊水果塔放進嘴巴裡。結果……結果舅舅就變成狐狸了。所以，媽媽，妳快想辦法救夜叉丸舅舅。一定要再抓到夢魔，把牠封印起來才行，不然舅舅就會一直被關在夢裡，永遠不會醒過來……」

「媽媽！妳有辦法吧？妳有辦法打敗夢魔吧？憑媽媽的能力，應該有辦法救出夜叉丸舅舅吧？」

小匠氣勢洶洶地逼問媽媽。

「媽媽，妳應該知道封印夢魔的方法吧？」

「別擔心。」

媽媽露出微笑說道。

小結和小匠開心地互看一眼。小結清楚感受到心裡快膨脹到爆發出來的不安情緒瞬間散去。

「我已經先傳送念力給齋奶奶了。奶奶她們現在已經在前往熊野森林的路上，準備去找夜叉丸舅舅了。」

「咦？什麼時候？」

小結驚訝地瞪大著眼睛。

媽媽見狀，面帶微笑說：「剛剛你們衝進來客廳，搶著說明夜叉丸舅舅碰到危機時，我就在廚房裡傳送念力了。憑齋奶奶的能力，一下子就可以打敗夢魔。沒什麼好擔心的。」

「不愧是媽媽！不愧是齋奶奶！」

小匠用著開朗的聲音說道。

媽媽的媽媽——齋奶奶是狐狸家族中深具實力的領導者。

有奶奶親自出馬，就不用擔心了。憑奶奶的實力，很快就會把舅舅從夢中救出來。

小結這麼心想，但又有種什麼東西卡在內心深處的感覺。

「好了，吃飯吧！」媽媽說道。

「小結、小匠，你們也趕快坐下來，不然培根蛋要冷掉了。」

「好——」小匠滑進自己的座位上說道。小結也在小匠旁邊的椅子坐了下來。

餐桌上有爸爸已經抹上奶油的熱呼呼吐司，還有冒著熱氣的熱騰騰培根蛋，香氣引人垂涎。

祥和安穩的星期六早晨。明亮的陽光從陽台的落地窗灑落進來，屋外傳來麻雀的叫聲。

明明如此，小結的內心卻彷彿有一滴黑色墨汁暈開來似的不安情緒，揮之不去。小結覺得有哪裡不太對勁。

「那我們就開動吧！」

「開動！」

小萌率先這麼大喊一聲回應媽媽的話語。小萌一副迫不急待的模樣，用手加上湯匙把盤子上的小番茄送進嘴裡。

爸爸、媽媽、小結和小匠也各自說聲「開動」，準備吃起早餐。奶油在剛烤好的吐司上融化開來，熱騰騰的培根蛋還冒著熱氣，還有清脆爽口的萵苣和小番茄配菜。

香噴噴的氣味撲鼻而來時，那種有未解之事卡在小結內心深處的感覺變得微微刺痛，更加感到不安。

小結覺得有哪裡不太對勁，感覺跟平常不太一樣。

到底哪裡不對勁了？

「好燙好燙好燙……」

小匠塞了滿口煎得酥脆的熱騰騰培根，哀哀叫地享受著美食。看著小匠時，小結忽然有所驚覺。

為什麼小匠和我都還穿著睡衣？

小結這麼心想，並低頭盯著自己的身體看。

小結和小匠都還沒有換衣服。剛才過於急著傳達舅舅遇到的危機，也還沒有洗臉。兩人爬出被窩後沒有做任何梳理，就這麼在餐桌前坐下來。

「小結，怎麼啦？」

媽媽一邊把吐司往嘴裡送，一邊看著小結問道。

小結心頭一驚。

「呃……我在想我還穿著睡衣……」

小結抱著確認的想法，詢問媽媽說：

「我先去換掉睡衣比較好吧？而且我也還沒有洗臉……」

「沒關係，不急啊！」

媽媽的臉上堆起蜂蜜般的甜美笑容說道。

「不然好不容易做好的早餐會冷掉的。」

小結的心撲通撲通地跳個不停，內心躁動不已地大聲吶喊著。

有問題！果然不太對勁！真正的媽媽不會是這種態度！

在禮儀方面，小結他們的媽媽一向要求嚴格。如夜叉丸舅舅所說，媽媽可以說是嚴格到了嘮叨的程度。媽媽絕對不可能允許小結和小匠還穿著睡衣，而且沒有洗臉刷牙就坐在餐桌前。

這麼起了疑心後，小結察覺到還有其他不對勁之處。

媽媽說過在廚房時已經傳送念力，讓齋奶奶她們前往熊野的森林，但那是不可能的。因為小匠是在媽媽走出廚房後，才提到夜叉丸舅舅在熊野的森林深處被夢魔附身。而且……

小結凝視著眼前盛著培根蛋的盤子。

這培根蛋也怪怪的。媽媽從廚房端出來後，到現在培根蛋都一直

熱騰騰地冒著熱氣……為什麼不會冷掉？這該不會是……

小結的腦海裡浮現「幻象」兩字。

這些全都是幻象？難道不論是公寓、餐桌、媽媽還有料理，這所有一切都是沒有實體的幻象？難道我還在夢裡？

一小滴的墨汁往外大大擴散，最後完全覆蓋住小結的內心。

小結壓抑住快喘不過氣的不安情緒，戰戰兢兢地豎起順風耳。豎起順風耳試圖追查飄盪在餐桌四周的早餐香氣後，小結整個人愣住了。

不行！追蹤不到香氣的源頭！

飄盪在餐桌四周的香氣毫無止盡，那些香氣沒有源頭。培根、吐司、奶油、咖啡的香氣確實輕飄飄地在屋內飄盪，但小結豎起順風耳試圖尋找源頭，也沒有線索可循。小結追蹤不到香氣的源頭。

在夢中森林裡也一樣！我在夢中森林裡豎起順風耳時也是同樣的

狀況！

瀰漫整間客廳的香氣是虛幻的香氣。

小結的心頭湧上一股絕望感。

「怎麼啦？趕快吃啊！」

媽媽注視著手握叉子僵住不動的小結說道。

撲通、撲通、撲通！

小結的心臟猛烈跳動。

怎麼辦！怎麼辦！這真的是夢嗎？全都是夢？

「小結姊姊，趕快吃早餐啊！」

小萌用著大人的口氣命令小結說道。

果然是夢。跟在甜點屋的時候一樣。小萌的幻影、爸爸和媽媽的幻影……這是夢魔為了讓我和小匠把東西吃下肚，才變出來的幻象！

在不切實際的香氣中，小結明確認知到這事實時，四周的景象忽然開始慢慢出現變化。

從陽台灑落進來的陽光暗了下來，原本聽似欣喜雀躍的痲雀叫聲變成沙啞的烏鴉叫聲。

烏鴉持續在叫。牠不知道在哪兒一直吵鬧地叫個不停。

「小匠！」

小結一邊大喊弟弟的名字，一邊從椅子上站起來。

「這不是現實世界！我們還沒有醒過來！我們還在夢裡！」

小結抬起頭時，與爸爸對上了視線。

爸爸隔著咖啡杯直直盯著小結看。

「咦？」小匠也一臉訝異的表情抬頭看著小結。

「呼——」爸爸輕聲嘆息後，發出「咚！」的一聲把咖啡杯放到餐桌上。

「真是的，妳為什麼就是不肯趕快吃東西呢？」

爸爸說完話的那一刻，小結四周的景色瞬間晃動起來。

啊……又來了。

小結在心中這麼嘀咕的同時，四周的一切像被流水沖刷過似地變得模糊，最後融化消失不見。

爸爸、媽媽、小萌、餐桌、椅子，還有窗簾全都消失不見。

最後，小結家的餐桌光景完全消失，小結則是在那座昏暗的夢中森林裡呆立不動。

「嘎！嘎！嘎！嘎！」

烏鴉的叫聲讓小結猛地回過神來。小結抬頭一看，發現剛才那隻黑色烏鴉停在頭頂上方的樹枝上。

小結的腳邊出現一隻狐狸，狐狸一副擔心的模樣仰望著小結。牠是夜叉丸舅舅變成的狐狸。

「到底是怎樣？早餐都不見了。」

小匠坐在石頭上，用著泫然欲泣的聲音嘀咕道。

小結一邊環視夢中森林，一邊開口說：

「剛剛的公寓、爸爸、媽媽、小萌、早餐，全部都不是真的。我們應該是又看到了夢魔變出來的幻象。我們剛剛其實一直都在這座森林裡，卻看見公寓的幻象。就像在夢裡又作了一場夢……」

「怎麼辦？」小匠嘀咕道。

「我吃東西了。我剛剛在夢裡一口接著一口吃了早餐。」

小結找不到話語回答小匠，不知道該怎麼辦才好。

小結無計可施，就這麼眼睜睜地看著弟弟的模樣一點一點地產生改變。

8 變身

「既然都要變身，希望至少可以變成獅子，或是很大一隻鳥。像是大鵰或老鷹之類的。」

身體逐漸變樣的小匠說道。

「都什麼時候了，你還在說這種話！」

儘管陷入不知所措之中，小結還是本能地嚴厲大聲地責罵弟弟。

「拜託你正經點好不好！如果連你也變成動物，我要怎麼辦？」

然而，小結再怎麼責罵，小匠還是沒有停止變身。小匠的模樣一

點一點地慢慢持續改變。

「姊姊，我變成什麼了？」

「呃……變成什麼……看不太出來耶……」

小結深呼吸一口，試圖讓內心平靜下來。

「我看不出來會變成什麼，不過……你……變小了。你的身體正在慢慢縮小。」

「我不要。」小匠一邊縮小，一邊哭喪著臉說道。

「我不要變小。人家想要變成很大的一隻動物……」

小匠的身體開始覆蓋上柔軟的褐色毛髮。他的臉漸漸拉長變尖，頭上也慢慢長出兩個三角形耳朵。小匠原本以兩隻腳站在地上，現在兩手也觸摸地面呈現趴著的姿勢，整個人完全變了模樣。

變成動物的小匠抬頭仰望小結，發出一聲：「汪！」

「可憐的小匠……」

剛才小匠對夜叉丸舅舅說過同情的話語，現在小結不由得也對著小匠說出相同話語。

「看來你沒有變成獅子，而是變成小狗了。舅舅變成狐狸，你現在變成小狗，這樣你們根本就是同類嘛！」

此刻，小結身邊圍繞著三隻動物。一隻是擁有金色眼珠的狐狸夜叉丸舅舅，一隻是小匠變身而成的褐色小狗，還有一隻停在樹上的黑色烏鴉。

「怎麼辦……」

小結抱著想哭的心情環視三隻動物。

「結果只剩下我一個人而已。」

遼闊的夢中森林和黑暗籠罩著的樹林，讓小結感覺就快被擊垮。失去可交談的對象後，小結四周的草木又低聲細語起來。那聲音聽起來像是在取笑變成孤單一人的小結。

到底還要多久，真正的早晨才會到來？小結不知道自己還要努力撐多久，才能等得到媽媽來叫醒她？

現在只剩下小結隻身一人，夢魔肯定也打算把小結關在夢中森林裡。在早晨到來之前、在脫離夢境之前，小結有辦法獨自撐過去嗎？

小結沮喪地垂下頭，小狗小匠在她的腳邊用身體磨蹭。與低頭俯視的小結對上視線後，小匠發出一聲：「汪！」

小結心想小狗小匠或許是想要鼓舞她，才會做出這般舉動。

「謝謝。」

這麼道謝後，小結忍不住嘆了口氣。

「要是會說話就好了……變成動物就算了，但至少要會說話，這樣我才有對象可以商量啊……」

在那之後，小結又嘆了口氣。小結忍不住一句接著一句洩氣地說著：「要是小萌也在這裡就好了。這樣不論是小狗、狐狸還是烏鴉說

的話，搞不好小萌都可以幫我翻譯。我和小匠都被拉進舅舅的夢裡，為什麼偏偏只有小萌沒有？」

「嘎！」

烏鴉在樹枝上叫了一聲。

「嘎！嘎！嘎！」

烏鴉的叫聲響遍森林，讓小結聽得更不安。她不由得怨恨起來。

「吵死人了！你安靜一點！」

為了甩開就快奪眶而出的淚水，小結刻意粗魯地大聲吆喝：

「你嘎嘎叫個不停是怎樣！給我安靜一點！我又聽不懂你在說什麼！我又不是小萌，她才聽得懂啊！」

然而，烏鴉沒有安靜下來。別說是安靜下來，烏鴉甚至從樹上飛起，厚臉皮地飛到小結的肩上停下來。

然後，烏鴉在小結的肩上繼續叫個不停。

狐狸夜叉丸舅舅一副吃驚的模樣抬頭仰望烏鴉。「汪！汪！」小狗小匠替小結出氣地叫了兩聲。小結猜想小匠肯定是在說：「閉嘴！」然而，烏鴉的叫聲加上小狗的吠叫聲，使得四周反而變得更加吵鬧。小結的耳朵嗡嗡叫，感到頭暈眼花。

「就說給我安靜一點！」

小結用力撥開肩上的烏鴉。烏鴉拍動翅膀飛起後，停在小結附近的樹枝上又繼續叫個不停。

「嘎！嘎！嘎！嘎！」

到底是怎麼回事？烏鴉為什麼要這樣叫個不停？烏鴉會不會是想要傳達？又有什麼危險事情要發生？

「討厭啦！」

小結的眼淚終於潰堤。

「你們幹嘛要這樣汪汪叫又嘎嘎叫！」

可能是被小結的凶狠模樣嚇著了，小狗小匠停止了吠叫。

不過，烏鴉仍然繼續嘎嘎叫個不停。

「什麼烏鴉嘛，討厭死了！」

小結大聲吆喝道。

「為什麼烏鴉會被拉進舅舅的夢裡？明明跟舅舅非親非故的，還跑來夢裡！」

小結這麼大聲吆喝後，不知怎地突然愣住。一時之間，小結也不明白自己為什麼愣了一下。不過，她有種忽然明白了什麼關鍵，一個一直被自己疏忽的重要事物。這感覺該如何形容才好呢？就好似不經意地把手伸進抽屜時，意外翻出五百日圓硬幣的感覺。

小結不再對烏鴉吆喝，也不再傷心流淚。拚命地思考自己究竟察覺到了什麼。

與舅舅的夢境連結而被拉進這座森林的成員。沒錯，這點從一開始就是個重點。

有我和小匠，還有烏鴉，究竟是以什麼標準選出這樣的成員？

小結想起聽到夜叉丸舅舅提起夢魔時，自己所做過的發言。

沒錯，小結一開始就很納悶一件事。小結當時就覺得她、小匠加上烏鴉這樣的陣容很奇怪。

小結陷入思考後，烏鴉終於安靜下來。烏鴉停在樹枝上直直盯著小結看，那模樣簡直就像在等待著什麼。看似聰明伶俐的黑色眼珠，朝向小結直直投來目光。

——為什麼偏偏只有小萌沒有？

剛才自言自語時，小結說過這句話。

明明小結和小匠都被拉進舅舅的夢裡，但為什麼受到「夢中森林」邀請的最後一個是烏鴉，不是小萌？

還有，剛才小結說出這句話的那一刻，烏鴉忽然叫了起來。

「仔細回想起來……」

小結這麼嘀咕後，把視線移向烏鴉。

一路來好像也是這樣。小結想起每次只要有人提到小萌，烏鴉就會叫。

烏鴉的黑色眼睛和小結的眼睛互相注視著。

小結倒抽一口氣後，試著朝向樹枝上的烏鴉呼喊：

「小萌？」

「嘎！」

烏鴉答道。小結的心臟猛烈跳動一下。

小結抱著難以置信的心情，再次對著烏鴉發問：

「小萌？妳是小萌，對不對？」

「嘎！」

烏鴉再次答道。錯不了！這隻烏鴉是小萌！

狐狸夜叉丸舅舅，以及小狗小匠都直挺挺地豎起耳朵，一副驚訝的模樣抬頭仰望烏鴉。

小結心想：**看來舅舅他們也完全沒有察覺到這件事**。

沒想到小萌也進到夢中的森林了！沒想到一直一起行動的烏鴉竟然是小萌！

小結愣了一下後，再次對著烏鴉說話：

「小萌，妳為什麼會變成烏鴉？妳是不是在這森林裡吃了什麼東西？」

「嘎！」

烏鴉小萌答道。

「什麼時候？吃了什麼？」

小結不由得追問起來，但對烏鴉小萌來說，要她回答這些問題恐怕是太難了。樹枝上的烏鴉一副感到傷腦筋的模樣，歪頭看著小結。

雖然得不到答案，但小結在腦中整理起思緒。

對於小萌第一次被拉進這座夢中森林的時間點，目前無從得知。說不定昨天清晨小結和小匠夢見這座森林時，小萌也作了一樣的夢。然後，說不定小萌也越過了石橋。

可以確定的一點是，小萌入睡的時間比小結和小匠早得多，所以今晚比小結兩人更早來到這座夢中森林。小萌肯定是在那時候掉進夢魔的陷阱，不小心吃了什麼。因為這樣，小萌在遇到夜叉丸舅舅時，才會已經變身成烏鴉。也就是說，在沒有人察覺到舅舅肩上的烏鴉就是小萌的狀況下，她一直跟著小結幾人一起行動。

現在小結完完全全能夠明白當大家發現小萌的身影出現在甜點屋裡時，烏鴉為何會那樣大吵大鬧。畢竟小萌根本不可能出現在甜點屋裡……小萌是因為看見自己的幻影，才會驚訝地嘎嘎叫。

一路思考到這裡後，小結再次依序看向圍繞在她四周，並且把目光集中在她身上的狐狸、小狗以及烏鴉。

「怎麼辦……」

小結忍不住又脫口這麼說。

「原來不只有小匠，連小萌也被變身了。不只有小匠，連小萌也被關在夢裡了。」

小結告訴自己一定要想辦法解決才行。如果不想辦法解決，不僅夜叉丸舅舅，小匠和小萌也會永遠離不開夢境。不管怎樣，在明天的早晨到來之前，小結絕對不能掉進夢魔的陷阱。萬一連小結也被關在夢裡，就沒有人能夠把大家面臨危機的事實，傳達給爸爸、媽媽以及狐狸山上的奶奶們知道。

如果三個小孩都一直沉睡不醒，不知道爸爸和媽媽會怎麼做？媽媽會察覺到是夢魔在搞鬼嗎？

無所依靠的寂寞感再次湧上小結的心頭。

「安靜地待著好了。」

小結這麼告訴自己，同時也說給三隻同伴們聽。

「沒什麼，只要安靜地待著，不要草率行動就好。小事一樁、小事一樁！只要安靜地待著，媽媽早晚會來叫我起床。到時候媽媽肯定會想辦法解救大家。只要努力撐到那時候就沒事了。」

小結故作堅強地說道，並在烏鴉停留的那棵樹下的樹樁坐下來。

狐狸舅舅以及小狗小匠都來到小結的腳邊。牠們兩隻在樹樁前坐下來，相互依偎著。烏鴉小萌在小結頭頂上方的樹枝上歇息。

小結不再開口說話後，森林的低喃聲變得明顯。

窸窸窣窣、嘁嘁喳喳……

「……下小結而已……」

「只剩——下小結而——已……」

「……吃嗎？」

「她會吃嗎？」

「……肯吃就好了。」

「只要她肯吃就好……」

聽著森林的低喃聲，不安的小結內心掀起陣陣漣漪。狐狸舅舅、小狗小匠也一副靜不下來的模樣不停抖動耳朵、用鼻子嗅著氣味。

「快吃吧——」

四周明明無風，頭頂上方的枝頭卻突然沙沙作響，小結發出「啊！」的一聲縮起脖子。

「嘎！嘎！嘎！」烏鴉小萌叫著，跟著傳來拍動翅膀的聲音。不知何物突然「咚！」的一聲從小結眼前落下。那東西就掉在樹椿的正前方。狐狸和小狗嚇一跳地迅速站起身子。

小結一看，發現一顆熟透的紅蘋果滾落在地面上。

「蘋果……？怎麼會突然冒出來？」

小結提心吊膽地抬頭仰望枝頭後，吃驚地瞪大眼睛。

樹上什麼時候結出果實了？直到剛才仍一片綠葉蒼鬱、筆直豎立的樹木，此刻枝頭上結出數量多到數不清、密密麻麻的蘋果，並且像在引誘小結似地晃動著。蘋果的香甜氣味撲鼻而來。

「快吃吧——」

咚！又一顆蘋果掉下來。隨著第二顆蘋果落下，樹木開始讓所有枝頭上飽滿厚實的果實如雨滴般一顆顆灑落。

「救命！」

小結抱著頭在蘋果雨之中穿梭，急忙逃離樹旁。

烏鴉、狐狸和小狗也跟著小結逃開。

「快吃吧——」

「快吃吧——」

聲音從森林的四面八方傳來。那聲音已經不是低喃聲了。樹木、綠草、灌木叢都在大聲吼叫。枝頭沙沙作響地搖曳起來。這邊的枝頭也好，那邊的枝頭也好，其綠葉背後都一齊結出果實。那畫面看起來就像電視的科學節目裡會播放的快轉影像。小小的果實轉眼間膨脹變大、染上色彩、漸漸成熟。

「快吃吧——」

「吃吃看吧——」

「很——好吃喔——」

聲音響遍四周之中，小結發愣地環視夢中的森林。

有結出梨子的樹，這邊的樹上也有結出橘子的樹，另一邊的樹上結出桃子。另外也有結出李子、無花果的樹。沿著樹幹攀爬的藤蔓上，可看見結實纍纍的葡萄。不知道為什麼，甚至有結出草莓和西瓜的樹。

「什麼狀況……這絕對是假的。」

這不是假的，這是夢！

夜叉丸舅舅若是能開口說話，肯定會這麼吐槽小結。

烏鴉小萌飛離枝頭後，在樹木之間到處飛來飛去，最後慌張地飛下來停在小結的肩上。森林裡四處長滿可疑的果實，小萌似乎因此放棄停在樹枝上。

「小結——快吃吧——」

「吃吃看吧——」

「汪！汪！汪！」

小狗小匠對著響遍四周的森林聲音大聲吠叫。

「嗚——」

狐狸舅舅發出低吼聲，高高豎起尾巴的毛。

四周充斥著甜到過膩的水果氣味，讓人聞得嗆鼻難受。

「快吃吧——」

「快吃吧——」

「喏！吃一顆吧——」

一旁的樹木發出「咚！」的一聲，一顆橘子掉落到小結的腳邊。

咚！咚！咚！咚！

夢中森林開始下起水果雨。每棵樹上的果實都不停地落下。

咚！咚！咚！咚！咚！

「快吃吧——小——結！」

「很——好吃喔——」

「吃吃看吧——」

水果看起來相當美味，但小結硬是壓抑住想要伸手拿起水果的衝動，對著森林大吼回去：

「我不要！我不要吃什麼水果！再多水果掉下來，我也不吃！」

忽然間，森林變得一片鴉雀無聲。

水果雨也瞬間停了下來。

小結感覺到四周的景象瞬間晃動一下，不禁倒抽一口氣。

「咦？」

小結環視四周一圈後，發現虛幻的果實一顆也不剩地全部消失不見。不論是蘋果、梨子、橘子，還是李子，都不見了。無花果、葡萄、草莓以及西瓜也消失不見。不論是在枝頭上搖來晃去的果實，還是滾落在地面上的水果，都彷彿一開始就不存在似地從夢中森林裡消失不見。森林也不再傳來聲音，也已經聞不到成熟果實的氣味。四周

只剩下一片蒼鬱的樹林，安靜無聲地佇立不動。

小結鬆口氣地發出「呼——」的一聲時，正後方傳來聲音：

「小結。」

忽然被人呼喚名字，小結整個人跳起來地轉過頭看。

「嗚——」

小狗小匠和狐狸舅舅異口同聲地發出低吼聲。牠們兩隻一邊低吼，一邊繞到小結背後藏起身子。

夜叉丸舅舅就站在小結的眼前。一如往常，舅舅的頭上戴著寬鬆的帽子、身穿探險家風格的襯衫。

不過，就算那一身裝扮再怎麼熟悉，不用說也知道對方不可能是真正的舅舅。畢竟真正的夜叉丸舅舅已經被變成普通狐狸，此刻正夾著尾巴躲在小結身後，只顧著發出低吼聲。

「小結，妳要不要吃甜饅頭？」

假舅舅在小結面前迅速遞出一顆褐色的圓饅頭說道。那是小結最愛吃的太鼓饅頭！那是車站前面的松月堂賣的太鼓饅頭。

「……我不要。」

小結斬釘截鐵地搖頭拒絕後，緩緩從舅舅的幻影面前往後退。

「嘎！」小結肩上的烏鴉小萌也像在說「不要」似地叫了一聲。

「吃吧！很好吃的！」

舅舅一步一步逼近小結，並且把太鼓饅頭湊到小結面前說道。

「我不要。」

小結再往後退一步。躲在她背後的狐狸、小狗也跟著往後退。

「妳吃啦！來！吃一口。」

幻影舅舅逼近小結說道。

「就說了我不要了！」

小結繼續往後退。

這時小結身後的小狗衝出來。

「汪！汪！汪！」

小狗小匠一邊勇猛地吠叫，一邊往幻影舅舅身上撲去，小結還來不及喊出聲，小狗已經一口咬住舅舅的腳。

小結四周的景象緩緩晃動起來。接著，幻影舅舅消失不見了。

即便如此，小狗小匠還是憤怒地發出低吼聲，然後對著幻象早已消失、變得空蕩蕩的空間汪汪叫個不停。

「做得好！小匠！」

小結彎下腰撫摸小狗的頭之後，小狗才總算停止吠叫，抬頭看著小結搖起尾巴。

「相較之下……」

小結緩緩轉頭冷冷地看向身後。狐狸模樣的夜叉丸舅舅從頭到尾一直躲在小結身後，舅舅急忙別開金色眼珠，羞愧地垂著耳朵。

「真是的……看到自己的幻影有什麼好怕的！」

小結嘟噥地抱怨道。狐狸舅舅更加難掩尷尬不已的感覺，輕輕別過臉去。

小結累壞了，她一邊搖頭嘆氣，一邊環視變得靜謐的森林。

一下子是結實纍纍的水果樹，一會兒又是拿著太鼓饅頭突然出現的幻影夜叉丸舅舅。

小結只想靜靜地等待天亮醒來，但夢魔似乎沒打算放過她。現在只剩下小結一人還安然無恙，夢魔打算用盡一切方法也要讓小結吃下東西，好把她關在夢裡。

一定要熬過去！絕對、絕對要努力撐到天亮！

小結在心中如此立下誓言時，又有聲音從她身旁傳來：

「小結。」

小結驚訝地往旁邊跳開，並朝向聲音傳來的方向看去，居然看見很像住在門前町的奶奶的人影站在前方。不知不覺，奶奶已在距離小結只有五、六步路的樟樹樹蔭下。然而，突然現身的奶奶不管怎麼看都顯得可疑。首先，奶奶的服裝太奇怪了。奶奶穿著完全蓋住雙腳的長裙，搭配設計老派的上衣再披上針織披肩，頭上還戴著像睡帽的布帽。這身裝扮的奶奶雙手捧著攤開的竹葉，竹葉上面有三顆飯糰。

「嘎……」

烏鴉小萌一副覺得可疑的態度，低聲輕叫一聲。

「嗚——」

小狗小匠發出低吼聲。

「嗚——」

狐狸舅舅也跟著低吼，但依舊躲在小結身後，不肯走向前。

「小結，來吃飯糰吧！」

可疑的奶奶笑咪咪地從樹蔭下走出來，並朝小結遞出飯糰說道。

這是幻影！幻影又出現了！這次假裝成奶奶的樣子出現，想要讓我吃下飯糰！

小結在心中大聲喊叫。

「嗚——」小狗再次低吼。

「妳看！很好吃喔！」

幻影奶奶往前踏一步説道。「我不要。」小結邊説邊往後退。

「為什麼?」奶奶戴著睡帽的頭歪一邊問道。

「妳不是很喜歡吃奶奶捏的飯糰嗎?」

妳根本不是奶奶!

小結在心中反駁説道,拚命地挪開視線不去看顯得美味的飯糰,而是瞪著奶奶的臉看。這時,奶奶的眼睛突然不可思議地愈變愈大。

幻影奶奶用著變大的一雙眼睛凝視小結,並且再往前踏一步。

「怎麼啦?來,吃飯糰啊!這是奶奶捏的飯糰喔!」

「妳不是奶奶!奶奶才不會穿妳那樣的衣服!」

小結終於忍不住直截了當地反駁説道。這時,奶奶的眼睛在臉上再次鼓起來,愈來愈大。

「奶奶的眼睛才沒有妳那麼大呢!」

小結一邊説道,一邊往後退。

「汪！汪！汪！」

「嘎！嘎！嘎！」

小狗小匠和烏鴉小萌也跟著小結出聲反駁。

即便如此，大眼睛的奶奶還是一臉笑咪咪。

「奶奶的大眼睛是為了好好看清楚小結的臉啊！」

兩個耳朵從面帶笑容的奶奶睡帽底下竄出來，不停抖動著。耳朵似乎也變大了一些……不！不是變大。小結仔細一看，發現從睡帽底下竄出來的耳朵和小狗、狐狸一樣是動物才有的三角形耳朵。

「啊！耳朵！」

小結不由得大叫出來。幻影奶奶對著小結說：

「奶奶這耳朵是為了好好聽清楚小結的聲音喔！」

說罷，奶奶咧嘴一笑時，嘴巴突然變大。看著奶奶的嘴巴往兩邊裂開到幾乎靠近耳朵的位置時，小結忽然有所驚覺。

——奶奶，妳的嘴巴怎麼會那麼大？

我記得這句話！這跟小紅帽的故事情節一樣！如果開口這麼發問，就會被吃掉！

幻影奶奶彷彿聽見小結的心聲般開口說話。不過，那聲音與剛才截然不同，聲音變得低沉可怕。

「妳如果不吃飯糰，我就把妳吃掉！」

「汪！汪！汪！汪！」

小狗小匠發出吠叫聲。

「嘎！嘎！嘎！嘎！」

烏鴉小萌在小結的肩上嘎嘎叫，躁動了起來。

躲在小結腳邊的狐狸夜叉丸舅舅，也消極地發出「嗚──」的低吼聲。

「妳如果不吃飯糰，我就把妳吃掉！」

奶奶一邊捧著竹葉遞出飯糰，一邊緩緩走近。

這時，整座森林開始低喃同一句話。

「妳如果不吃飯糰，我就把妳吃掉！」

「妳如果不吃飯糰，我就把妳吃掉！」

「妳如果不吃飯糰，我就把妳吃掉！」

小結試圖再往後退一步時，背部撞上身後的樹木。小結被奶奶和樹木前後夾攻，腳邊被小狗和狐狸擋著。

小結迅速移動視線觀察四周的狀況，試圖尋找脫身處。逃得了嗎？有辦法逃到最後嗎？小結和大家有辦法熬過這場危機嗎？

「我不會讓妳逃跑的。」

奶奶說道。不過，不論是長相和聲音，根本都不是奶奶。站在小結眼前的，是一隻頭戴睡帽、身穿衣服的大野狼。大野狼的肩上披著針織披肩，賢慧端莊地捧著放了飯糰的竹葉，那畫面充滿喜劇效果。

小結心想：**要不是現在身陷危機，這場面肯定會讓人捧腹大笑**。

「妳如果不吃飯糰，我就把妳吃掉！」

「妳如果不吃飯糰，我就把妳吃掉！」

森林隨著大野狼齊聲合唱。

「妳如果不吃飯糰，我就把妳吃掉！」

緊繃的氣氛之中，小狗小匠、烏鴉小萌，以及狐狸舅舅都閉上嘴巴，靜靜地觀察大野狼的舉動。

誰來救救我們！

小結緊緊閉上雙眼，在心中強烈禱告。

庚申塚之神、佛祖、公主！求求您們快來解救我們！請賜給我們力量，幫助我們打倒夢魔，度過這場危機！

閉上眼睛禱告時，微弱的樹葉摩擦聲傳進小結的耳裡。

「妳如果不吃飯糰，我就把妳吃掉！」

「妳如果不吃飯糰，我就把妳吃掉！」

微弱的摩擦聲從大野狼的恐嚇聲和森林的低喃聲另一端，如漣漪般陣陣傳來。沙沙、簌簌的摩擦聲漸漸充斥，最後終於化為巨大的騷動聲籠罩四周。小結驚訝地睜開眼睛。

風的聲音！夢中的森林裡掀起強風。不論是四周的草木，還是小結的頭髮，都被猛烈的強風吹得搖來晃去。大野狼的幻影在小結眼前被狂風吹散，眼見就要消失不見。

森林的呼嘯聲也被風聲吞噬而不再傳來。

「嗷！嗷！嗷！」

到了此刻，狐狸夜叉丸舅舅才在小結的腳邊氣勢洶洶地吠叫起來。沒多久，強風吹散了大野狼的幻影和消弭森林的低喃聲後，漸漸恢復平靜。

狂風停下來後，如水底般的靜謐氣氛籠罩起夢中的森林。

9 花瓣雨

「是怎樣？到底是怎麼回事？剛剛那是什麼？剛剛那陣風從哪裡吹來的？意思是我的禱告有效嗎？有人來救我們嗎？」

小結把湧上心頭的疑問一口氣都說了出來，但不用說也知道沒有人會回答她的問題。小狗、烏鴉和狐狸都一副傷腦筋的模樣看著小結。就算牠們能開口說話，想必也無法回答小結的問題。畢竟大家都搞不清楚夢魔操控的森林裡發生了什麼事情，也不知道吹散幻象的那陣風是什麼？

不過，至少已經度過危機。只不過，夢魔肯定會再使出什麼招數。小結感覺到夢中森林正屏息監視著她。小結也屏住呼吸，提高警戒地觀察一片靜謐的森林。

窸窣。

某物碰觸到落葉的聲音傳來。

窸窣、沙沙。

小結嚇一跳地看向聲音傳來的方向後，發現有東西從茂密的蕨類植物中滾了出來。

「什麼東西？」

小結定睛細看後，看見那東西在她眼前的落葉地面上滾動幾下，又發出窸窣、沙沙的聲響。

那是一顆紅色小球。

「球？」

不對，那不是球。那看起來像一顆紅色毛線球。它滾動之後，像長出尾巴似地拖著一條鬆脫的紅線，這足以證明是一顆毛線球。

夢中森林裡為什麼會有毛線球在地上滾？想也知道這一定是陷阱。更何況地面明明如此平坦，那顆毛線球卻能自己滾動起來，這狀況再可疑不過了。

「汪！汪！」

發現毛線球的存在後，小狗小匠直挺挺豎起耳朵，發出吠叫聲。

毛線球不停地滾動。小結看出小狗被毛線球吸引而踏出步伐。

「小匠，不行喔！不要管它。那肯定又是夢魔在搞鬼。」

小結這麼說完後，紅色毛線球突然暴衝似地加快滾動速度。

滾啊滾、滾啊滾、滾啊滾……

「汪！汪！汪！汪！」

小狗小匠追著毛線球跑了出去。

「小匠！就跟你說不行！」

小結嚇一跳地大聲喊道，但為時已晚。毛線球和小狗已經在距離他們好一段距離的樹林間，朝向陰暗的森林深處勇猛直前地奔去。

「不會吧！喂！就跟你說不行了！小匠！停下來！快回來！」

小結一邊大聲喊叫，一邊不顧一切地追著小狗小匠。狐狸舅舅也跟著跑來。烏鴉小萌飛離小結的肩膀，在頭頂上方飛著。

毛線球和小狗的身影，轉眼間就從小結的視野裡消失不見。茂密繁盛的樹林和雜草阻礙視線，使得小結無法眺望遠方的景象。

不過，鬆脫的毛線像留下紅色路標般在地面上拉長。小結沿著拉長的紅線，拚命往前奔跑。

「小匠！小匠！不可以跟過去！快回來！」

小結一邊大喊，一邊不停奔跑。小結就這麼不停地往深處、往夢中森林的深處跑去。

不論小結跑了多遠，紅線還是繼續往前延伸。小結不禁納悶地心想：**怎麼會有這麼長的毛線**？如果是一般毛線球，應該早就沒線了。

這狀況太奇怪了，果然不太對勁。

這也是幻象。這是夢魔設下的陷阱！

「小匠！小匠！」

小結大聲呼喚時，似乎聽見了微弱的小狗叫聲。

「汪！」小狗叫聲再次傳來。

錯不了！小匠就在前面那片樹林和草叢的另一端，而且紅線也是往那個方向直直延伸。

「小匠！」

小結沿著紅線記號，踏進草叢之中。小結撥開枝葉、穿過樹林縫隙，朝向聲音傳來的方向前進。

看到了！

一隻四肢著地的褐色小狗，站在不遠處的前方地面上。小狗似乎看見什麼東西。小狗小匠屁股對著小結，一直瞪著某棵樹的方向看。

「小匠！你在做什麼？」

氣喘吁吁的小結一邊調整呼吸，一邊走近小狗時，嚇了一跳。

小狗的視線前方有隻貓。

一隻黑貓坐在正前方的樹木根部。一片昏暗之中，黑貓的一雙眼睛發出光芒。

小狗小匠與黑貓互瞪著。千里迢迢滾到這裡來的毛線球就在黑貓的腳邊。明明滾了那麼遠、拉了那麼長一條線，毛線球依舊維持著圓滾滾的形狀。

「小匠，不行喔！不可以過去那邊，有沒有聽到？」

小結一邊放輕腳步走近小狗，一邊輕聲嘀咕道。

然而，就在這時，小狗突然發出「汪！」的一聲，朝向黑貓快奔出去。小結伸出手想要抓住小狗，卻只抓到一團空氣。

「啊！就跟你說了不可以！」

小狗完全不理會小結的制止，往坐在樹木根部的黑貓身上撲去。

「啊——」小結大叫一聲。

還是個小不隆咚的小狗就想跟貓咪交手，未免太有勇無謀了吧！肯定會被黑貓狠狠反擊的……雖然小結這麼猜想，沒想到並沒有上演大亂鬥的場面。

剛才小狗小匠確實往黑貓的身上撲去。不過，在小狗撲上去的那一刻，黑貓消失了。在黑貓原本坐著的位置著地後，小狗就這麼用前腳挖起該處的土壤。小狗全神貫注地不停挖土，那模樣簡直就像在懷疑消失的黑貓被埋在地底下一樣。

「拜託！你到底在做什麼啦！」

儘管看見小狗平安無事而鬆了口氣，小結還是陷入不安的情緒。

黑貓消失了。紅色毛線球不再滾動，靜止不動地停在認真挖土的小狗旁邊。小結回頭一看，發現一路指引她們來到這裡的紅線路標已經消失。此刻的毛線球沒有鬆脫，保持渾圓的形狀滾落在地上。剛才的紅線記號是怎麼回事？為什麼夢魔要把小結幾人帶到這裡來？

「汪！汪！汪！」

拚命在地上挖洞的小狗忽然激動地吠叫起來。小狗探出頭看著自己挖出的洞穴，汪汪叫個不停。

「怎麼了？你發現什麼了嗎？」

小結戰戰兢兢地往小狗挖開的洞穴裡看。

烏鴉小萌也飛落到小結的肩上。烏鴉收起翅膀，伸長脖子往地面看。緊跟在小結身後的狐狸舅舅，一副提心吊膽的模樣只露出臉來。

小狗用前腳再挖了一次土後，小狗抬頭仰望小結發出「汪！」的一聲。

被挖開的土壤底下，有東西悄悄露出一角。那東西是一只容器。

「那是什麼啊？甕嗎？」

「汪！」

小狗又叫了一聲。小狗眼神發亮地仰望著小結，劇烈地不停搖擺尾巴。

「咦？什麼？你是在叫我把這東西挖出來？」

小結看了看小狗，再看了看洞穴裡的東西問道。

「汪！」

小狗精神抖擻地叫了一聲。那模樣簡直在說：「對！」

「可是……誰知道那裡面裝了什麼東西？」

小結一邊說話，一邊戰戰兢兢地朝向洞口探出身子，並豎起耳朵。小結沒聽到任何聲音，也沒有什麼特別的氣味。

「汪！」

小結還在遲疑時，小狗小匠一副催促小結的模樣又叫了一聲。

「怎麼辦……」

小結露出尋求意見的目光看向烏鴉小萌後，烏鴉發出「嘎！」的一聲。狐狸舅舅在小結腳邊注視洞穴裡，一副等待著什麼的模樣。看來大家似乎都希望小結能夠確認容器裡裝了什麼。

「汪！」

小狗又叫了一聲，而且聲音比剛才更加丹田有力。

「好啦！」

小結點點頭後，小心謹慎地在洞穴旁蹲下來。小結把手伸進洞穴裡，用雙手撥開泥土後，輕輕舉起埋在土裡的容器。

挖出容器後，小結發現果然是一只陶製的甕子。其外觀渾圓飽滿，就像奶奶醃製梅子時會使用的褐色甕子一樣。甕子口被蓋上油紙，並且用繩子在油紙上繞了好幾圈封住開口。

「不知道裡面裝了什麼？」

小結雙手捧著甕，輕輕搖晃一下。然而，沒有發出聲響。甕子裡沒有傳來任何動靜，感覺就像甕子裡什麼東西也沒有一樣。

「汪！」

小狗小匠朝氣十足地叫了一聲。烏鴉和狐狸直直注視著小結。看來大家都希望小結趕快打開甕子看。

「好啦！好啦！」

小結夾雜著嘆息聲點頭說道，並環視大家一圈。

「那我就打開囉。不過，這裡面不知道有什麼東西，大家都要小心一點喔！記得準備隨時拔腿逃跑。」

說罷，小結把甕子放到地面上。她瞥了後方一眼，確認好逃跑路線後，深呼吸一口氣。小結輕輕朝向綁在油紙上的繩子伸出手，小心謹慎地準備解開繩結。不過，小結還來不及解開繩結，她的手指一碰觸到繩子後，繩子便自動脫落解開了。

撲通、撲通、撲通！小結的心臟就快跳了出來。

小結再做了一次深呼吸。

「我打開囉！」

如此宣告後，小結就像要撕開貼住傷口的OK繃一樣，一鼓作氣地撕開甕子口的油紙。

「咦？這什麼東西？」

小結窺探確認甕子內部後，一臉納悶的表情。甕子裡裝了滿滿的灰燼。色澤黯淡的白灰裝得滿滿地，就快從甕子口滿溢出來。

「為什麼夢中森林裡的樹根底下會埋了一個甕子？甕子裡怎麼會裝滿了白灰？」

小結想不透原因而這麼低喃時，一陣風吹拂而來，小結的髮絲隨之搖曳。地上的甕子裡的白灰被風吹起，輕飄飄地往上飛揚，小結見狀，急忙往後退。從甕子裡揚起的白灰，就這麼乘著風勾勒出一條白線，從樹木縫隙間穿梭而去。最後，零散的白灰撒落在一棵樹上。

就在那一刻——

那棵樹開花了，被撒上白灰的那棵樹綻放出花朵。

小結才看見原本在空中飛舞的白灰撒落下來，下一秒鐘綠葉茂密的樹枝上便開出花朵，轉眼間整棵樹的枝頭已鋪上滿滿一片花朵。

「咦？咦？咦？」

小結感到莫名其妙，走近突然綻放花朵的樹木底下，抬頭仰望布滿花朵的樹梢。

小結發現那是櫻花。淡粉紅色的櫻花綻放滿樹。

「……可是，這棵樹又不是櫻花樹……」

眼前這棵樹不論樹枝形狀或樹皮紋理，都與櫻花樹截然不同。可是，綻放在樹上的花朵確確實實是櫻花。

「……幻象？這也是夢魔變出來的景象？」

小結這麼嘀咕時，櫻花忽然開始凋落。四周明明平靜無風，盛開的櫻花卻輕飄飄地從枝頭上脫落。櫻花如雪花般在空中飛舞，接著彷彿下雨似地灑落在小結身上。在即將碰觸到地面的那一刻，櫻花就會如泡沫般忽然消失不見。

小結在散落後便消失不見的櫻花雨之中佇立不動時，察覺到奇妙的現象發生。

隨著花瓣輕飄飄地散落，樹木和四周的景色一點一點地消失。

宛如被櫻花飛雪吞噬般，原本在那裡的樹木、灌木叢以及雜草逐

漸消失不見。

「嘎！嘎！」

烏鴉小萌嚇一大跳地一邊嘎嘎叫，一邊飛到小結肩上。狐狸舅舅瞪大著眼睛，高高豎起尾巴的毛。

「汪！汪！汪！」

小狗小匠不停吠叫。小狗一副像在提出訴求，也像在催促小結的模樣，激動地叫個不停。

「汪！汪！汪！汪！」

「怎麼了？你為什麼一直叫？」

小結問道，但當然得不到小狗的回答。語言不通的事實讓小結感到煩躁。

櫻花已經全數散落。被撒上白灰的那棵樹以及其四周的矮樹雜草消失不見，森林裡就只有那一區變成光禿禿的一片空地。

究竟發生什麼事？一路把小結她們引來這裡的那顆毛線球究竟是什麼？為什麼毛線球停下來的樹根底下埋著一只裝滿白灰的甕子？甕子裡的白灰撒在樹上後，為什麼會開花？

「汪！汪！汪！」

小狗小匠不停吠叫。那眼神像在對小結訴說著什麼。小狗坐在甕子旁邊拚命地叫個不停，也不停搖擺尾巴。

剛才是小匠挖出那只甕子。毛線球把小結她們引到這裡來之後，出現黑貓讓小狗小匠找到埋在土裡的甕子。

「汪！汪！汪！」

挖這裡！汪！汪！……小結心想：**這簡直就像《開花爺爺》的故事情節**。《開花爺爺》的故事裡隨風撒落的白灰讓枯樹開出櫻花，而夢中森林裡的樹木雖然不是枯樹，但也確實綻放櫻花。

「櫻花……？櫻花樹？」

小結的腦海裡突然浮現夜叉丸舅舅說過的話。夜叉丸舅舅提到過被夢魔附身而死去的京城公主，說過這麼一段話。

——等我死了後，請在封印夢魔的熊野之地蓋一座小小的庚申塚，並且在庚申塚的旁邊種一棵櫻花樹。這麼一來，我就可以棲宿在那棵櫻花樹上，好好守護庚申塚，不讓被封印起來的夢魔再有機會到人間為非作歹。

搞不好……

小結看了看叫個不停的小狗，再看了看洞穴裡挖出來的甕子後，思考起來。

把我們帶到這裡來的……搞不好不是夢魔。說不定是長久守護庚申塚的公主靈魂向我們伸出了援手……因為我剛剛祈求希望有人來救我們……

「汪！汪！汪！」

小狗叫個不停。

「嘎！嘎！嘎！」

肩上的烏鴉小萌也叫了起來。

一直窩在小結腳邊的狐狸舅舅走近甕子邊。狐狸看了看甕子，再看了看小結後，一副想表達什麼的模樣來回搖擺尾巴。

雖然大家都無法開口說話，但小結能夠明白大家想表達什麼。

如果這只甕子、如果這些白灰是公主給的禮物——

意思就是要我們撒白灰！

小結走近被小狗和狐狸夾在中間的甕子後，從地面上捧起甕子。

「汪！汪！汪！」

小狗顯得開心地搖著尾巴，為小結加油打氣。

「嘎！嘎！」

烏鴉小萌叫了兩聲，就連狐狸舅舅也發出「嗷！」的一聲。

「好吧，我試試看。我試著撒白灰看看。」

小結對著大家點頭說道。接著，小結抱著甕子站起來，然後抓起一把白灰，屏住呼吸。

傳說故事裡的那句台詞，從小結的腦海中閃過。

枯樹快點開花！

小結學起開花爺爺，使力地朝向森林的樹木撒白灰。

白灰從小結手中飛散出去後，輕飄飄地隨風而去。白灰宛如白霧般、宛如煙霧般，在昏暗的森林裡擴散開來。

小結撒出去的白灰飛到四處的樹木上，也飛到雜草堆、灌木叢上。就在這時——

樹木一齊綻放花朵。轉眼間，放眼望去的所有枝頭上布滿櫻花，昏暗的森林變得明亮溫馨。

「好美喔……」

小結環視花朵盛開的森林這麼嘀咕時，櫻花已經開始凋落。整座森林下起了花瓣雨。花瓣輕飄飄地落下後，在空中飛舞。隨著花瓣如薄雪般一片接著一片消失，森林也逐漸消失。

上一刻還存在的樹木、綠草全被櫻花飛雪吞噬，接二連三地消失不見。在那之後，隨即出現光禿禿的乾燥地面。被獨留在地面正中央的小結環視四周一圈後，發現森林已經後退到空地的另一端。

小狗小匠看似開心地又吠叫起來。肩上的烏鴉也發出嘎嘎叫聲。狐狸舅舅搖著尾巴。

小結知道大家都在對她說話。大家都在大聲喊叫：

「再多撒一點！再多撒一點！快把森林變不見！全部變不見！」

這座深邃寬廣的森林，就是夢魔的藏身處。夢魔想必在這座森林的某處築了巢穴，此刻也在觀察著小結她們的動靜。不過，只要能夠讓這座森林消失，夢魔再怎麼厲害也肯定無處可藏。到時候夢魔勢必會在小結她們的面前現身。

小結又從甕子裡頭抓起一把白灰。此時，不知道何處吹來一陣風，朝向小結的身後吹拂而來，彷彿催促著小結：「快撒出去吧！再多撒一點！再多撒一點！」

想要立刻讓這座夢中森林消失不見的心情，以及萬一夢魔跑出來該怎麼辦的不安情緒，在小結心中展開一場劇烈地拉扯著。

小結就這麼一直抓著白灰站在原地不動，大家朝小結叫鬧起來。

「汪！汪！汪！汪！」

「嘎！嘎！嘎！」

「嗷！嗷！」

掉進夢魔的陷阱而被關在夢中的每個人都著急地催促著。

快點！快點！快點！

小結總算下定決心。

既然大家都希望森林消失不見，那就這麼做吧！

庚申塚的守護神、佛祖、公主！請保佑我們！

小結再次在心中祈求後，在風中用盡全力拋出手中的白灰。白灰立即乘著風，如白紗般一棵接著一棵覆蓋住森林裡的樹木。

花朵綻放又凋落。森林消失後，化為寬廣的空地。

小結忘我地不停撒出白灰。每撒一次白灰，森林就會被櫻花飛雪籠罩，漸漸消失不見。

沒長出雜草，也不見落葉的光禿地面一點一點地擴大範圍，原本被樹林枝頭遮擋住的朦朧白色天空，在小結她們頭頂上方露出臉來。

那座讓大家迷失徘徊的森林、無限延伸的森林，就快完全消失。如今森林已經後退到遙遠一方。

甕子裡只剩下少許白灰。森林也幾乎消失殆盡。不過，一片朦朧的白色世界裡，只有一處還看得到樹林叢。

夢魔肯定在那裡面。夢魔肯定就躲在那片樹林裡的某個地方！

小結忐忑不安地按住胸口，抓起甕底剩下的所有白灰。小結將白灰緊握在手中，緩慢朝向夢魔藏身的樹林踏出步伐。

小結的右肩上有烏鴉小萌，左右兩側有小狗和狐狸跟隨著。大家都放輕腳步慢慢靠近，最後終於來到宛如一座遠方小島被獨留在空蕩蕩世界裡一般的樹林前方。

「不要躲了，出來吧！」

為了給自己加油打氣，小結這麼大喊，並深呼吸一口氣。

「看我的！」

小結朝向最後一片樹林，拋出最後一把白灰。白灰立刻被風捲起，化為一塊白紗延伸出去。緊緊依偎的直立樹林被白灰化成的白紗覆蓋，周圍盛開櫻花的樹，最後在花瓣雨的籠罩下一一消失不見。

惟獨一棵樹例外——

9 花瓣雨

逐漸消失不見的夢中森林，剩下一棵必須抬頭仰望的高大麻櫟。

就是這棵樹！夢魔的巢穴就在這裡！

雖然甕子裡已經空了，但小結捧著甕子，屏住呼吸走近麻櫟。

小結伸出一隻手，正打算觸摸麻櫟的粗大樹幹時——

「小結。」

正後方傳來媽媽的聲音。

蛇

小結嚇一跳地回過頭看，結果發現媽媽就在眼前。

「妳表現得很好。已經沒事了。」

「咦？什麼？這是夢嗎？」

小結一臉茫然，媽媽露出微笑說：

「妳是在夢裡沒錯，但這不是夢。媽媽來了，可以放心了。」

「咦？意思是媽媽來到舅舅的夢裡救我們？」

「是啊。」

媽媽溫柔地答道，再次展露微笑。

「所以，已經沒事了。」

不知不覺中，小結覺得自己像被媽媽摟在懷裡。在媽媽溫暖的懷裡——這股溫暖的感覺，漸漸舒緩小結的緊張情緒。

「妳很棒，一路努力到現在。」

媽媽說道。

「就給妳吃太鼓饅頭，好好犒賞妳吧！」

「咦？太鼓饅頭？」

小結抖了一下並抬頭仰望媽媽。媽媽的臉就近在眼前。明明如此，卻有人從背後緊緊抱著小結。

原來小結不是被媽媽摟在懷裡。摟住小結的不是媽媽的手臂。那到底會是誰……？就在這時，另一道聲音傳來：

「是啊，吃太鼓饅頭吧！」

小結吃驚地移動視線一看，發現爸爸出現在媽媽身旁。爸爸朝向小結遞出褐色饅頭。

「來！給妳好吃的太鼓饅頭！」

小結想通是怎麼回事了。

「假的、假的、假的、假的、假的！……不對，這是夢！夢！夢！夢！不可能發生這種事！我差點又要上當了！」

小結拚命掙扎，試圖擺脫抱住她的手臂，但手臂的力道強大。

「妳如果不吃飯糰，我就把妳吃掉！」

連大野狼奶奶也來湊熱鬧，從爸爸身後說道。
飯糰近在小結的臉頰旁。
「妳如果不吃飯糰，我就把妳吃掉！」
「放手！放開我！我不要吃太鼓饅頭，也不要吃飯糰！」
小結驚慌失措地胡亂扭動身體。
「乖孩子，不要亂動，快吃太鼓饅頭吧！」媽媽輕聲說道。
「嘎！嘎！嘎！嘎！」
「汪！汪！汪！汪！」
「嗷！嗷嗚！嗷！」
烏鴉、小狗和狐狸發出宏亮的叫聲，蓋過媽媽的聲音。
近在眼前的媽媽的臉忽然模糊起來，接著扭曲變形。爸爸和大野狼奶奶的身影也開始融化。
幻象消失後，小結驚嚇地回過神來。小結動彈不得，身體不知被什麼東西緊緊扣住。

「啊！」小結大叫一聲。

麻櫟！緊緊抱住小結的不是媽媽的手臂，而是麻櫟樹枝。麻櫟像伸出手臂似地伸長樹枝，用樹枝纏在小結的身上。

「嘎！嘎！嘎！」

烏鴉小萌一邊驚慌地叫個不停，一邊攻擊麻櫟的枝梢。

空甕子不知何時已經從小結的手中脫落，滾落在唯一還沒有消失的麻櫟根部。

小狗小匠和狐狸舅舅一邊吠叫，一邊啃咬麻櫟的樹幹。

「汪！汪！汪！汪！」

「嗷！嗷！嗷！」

然而，纏住小結的麻櫟樹枝力道絲毫沒有減弱的跡象。即使媽媽她們的幻影已經消失不見，惡夢還是沒有結束。

「放開我！快點放開我！」

不論小結怎麼扭動身體想要掙脫，緊緊抱住她的樹枝依舊沒有放鬆力道。

烏鴉小萌在空蕩蕩的夢中世界裡飛起，並在空中旋繞一圈後，攻擊起麻櫟較高處的樹枝。

「嘎！嘎！嘎！」

啪！烏鴉用身體猛撞樹枝時，小結感覺到纏住她的樹枝力道似乎減弱了一點點。

烏鴉再次使出攻擊！

這回，樹枝確實鬆開了些。

小結一邊在麻櫟的樹枝裡掙扎，一邊抬頭仰望烏鴉小萌猛力撞擊的那根樹枝。

就在那裡！

小結的直覺這麼告訴她。她心想：**這或許就是所謂的預感吧。夢魔肯定躲在那根樹枝的某個地方。因為這樣，我身上的樹枝才會在被烏鴉撞擊後放鬆力量。**

「小萌！再撞一次！」

小結朝著小萌大喊道。

「再撞一次剛剛那一根樹枝！」

「嘎！」烏鴉這麼回應後，在空中勾勒出一個圓圈。接著，烏鴉瞄準目標後，朝向反覆撞擊過的那根樹枝使出第三次攻擊。

啪！

樹梢因為受到烏鴉撞擊而垂下的那一刻，纏住小結的麻櫟樹枝終於鬆開了。小結一邊連滾帶爬地逃離麻櫟，一邊抬頭看向樹梢。

「嘎！嘎！嘎！」

烏鴉小萌在麻櫟上方叫個不停。小結定睛細看後，發現這回變成

烏鴉的兩隻腳被麻櫟的樹枝緊緊纏住。

「小萌！」

小結大聲喊叫後，環視四周尋找有沒有什麼東西可以拿來丟麻櫟的枝梢。很遺憾地，森林消失後的夢中世界裡，不見任何石頭或枯樹枝滾落在地上。地上只有原本裝滿白灰的空甕子以及——

「毛線球……」

小結嚇一跳地睜大眼睛。毛線球怎麼會跑到這裡來？不知不覺中，剛才一路引導小結她們來到埋有甕子的樹下的紅色毛線球，滾落在小結的腳邊。

「嘎！嘎！嘎！」烏鴉叫個不停。

「汪！汪！汪！」

「嗷！嗷！」

小狗和狐狸也抬頭望著枝梢不停吠叫。

小結回過神地趕緊撿起毛線球。撿起毛線球後，小結發現扎實纏著毛線的毛線球意外地笨重。毛線球的大小和重量就跟壘球差不多。

「好！」

雙手緊緊握住紅色毛線球後，小結抬頭望向枝梢，目光犀利地瞪著樹枝看。

瞄準目標後，小結使勁舉高毛線球。

「看我的！」

小結使出全力拋出毛線球後，毛線球一邊不停旋轉，一邊筆直地朝向麻櫟的枝梢飛去。毛線球的線頭鬆脫，拖著一條紅色尾巴。

有機會！小結這麼心想，但很可惜地，毛線球沒能夠飛到小結瞄準的樹枝。毛線球飛進比目標位置矮一些的茂密樹葉之中，消失不見了。或許是卡在茂密生長的樹枝上，毛線球飛進去之後，並沒有掉下來。小結只看得見鬆脫的線頭，垂在樹葉之間。

「可惡！」

「嘎！嘎！嘎！」

烏鴉小萌不停拍動翅膀，試圖擺脫纏住雙腳的樹枝。

小結已經找不到可以丟的東西。空甕子太大了，小結根本沒有自信能夠把甕子丟高到枝梢。

為了再丟一次毛線球，小結伸長手試圖抓住垂在樹葉之間的紅線尾巴。就在那一刻——

「啊……」

小結吃驚地縮回伸長的手。紅色毛線自己動了起來。為了不讓小結抓住，原本垂在樹枝上的線頭迅速抬起，從樹葉縫隙間不停地往上方攀爬而去。

紅線扭動著身軀，動作滑順地朝向麻櫟的枝梢往上攀爬，一路不停上升。

往上攀爬到小結視為目標的樹枝後，紅線開始纏繞起那根橫向生長的樹枝。

「啊！」小結又大叫一聲。

小狗小匠和狐狸舅舅，也在小結的腳邊抬頭仰望枝梢。

小結定睛細看，並屏住呼吸凝視紅線緩緩纏繞樹枝。

不知不覺中，紅線不再是紅線，而變成一條紅蛇。一條很長很長的蛇。蛇身就像鬆脫的毛線一樣，不停地延伸拉長。拉長的蛇身前端確實可看見頭部，上面還帶有一雙小眼睛。紅蛇一副像在觀察，也像在尋找什麼的模樣，反覆做出吐舌的動作。小結發現紅蛇的舌頭前端分岔成兩邊。

就在這時——

嗡——微弱的振翅聲傳來。小結從紅蛇身上挪開視線，尋找發出振翅聲的主人。有個東西從被紅蛇纏住的樹枝上飛起。小結定睛細看，試圖看清楚那東西的模樣。就在這時——

小結看見米粒般大小的小小生物，在朦朧的白色天空底下飛來飛去。小小的身軀不停閃爍著光芒。

蟲？

就在小結這麼心想時，驚人的事情發生了。

紅蛇在空中飛起來了！

紅蛇鬆開纏住樹枝的身軀，讓小小的蛇頭轉向到處飛來飛去的小蟲方向。下一秒鐘，紅蛇從樹枝上，像滑出去似地奔向空中。紅蛇簡直就像在河裡游泳一樣高高抬起頭，扭動著身軀在空中游泳。伸向空中的一條紅線，化為紅蛇在空中飛翔，追逐著發光的小蟲。紅蛇明明是從毛線球變出來的一條蛇，牠的尾巴卻沒有連著那顆毛線球。

小結注視著追蟲的蛇以及被蛇追的蟲，獨自嘀咕起來：

「那就是夢魔？就是那隻小蟲侵占了整座夢中森林？」

小蟲從頭頂上方掠過的短短片刻，小結看見小蟲的模樣。

「長得好像吉丁蟲……很小很小一隻吉丁蟲……」

持有彩虹色翅膀、如米粒般大小的小蟲一邊發光，一邊發出振翅聲從小結的頭頂上方飛過。

緊跟在小蟲後頭的紅蛇吐出分岔的舌頭，宛如跳著蛇舞的龍一般，大幅度地扭動著身軀。

「啊！」小結輕叫一聲的那一刻，紅蛇無聲無息地吞下了小蟲。

這一瞬間，夢中世界的景色融化似地開始扭曲變形。

在腳邊延伸開來的乾燥地面、在頭頂上方延伸開來的朦朧白色天空、唯一剩下的麻櫟，以及滾落在地的甕子，全都變得模糊，最後融化消失不見。

烏鴉小萌、小狗小匠和狐狸夜叉丸舅舅，也隨著景色逐漸模糊。

在逐漸消失的夢中森林裡，小結最後看見紅蛇的身影朝向天空攀升而去的景象。吞下夢魔的紅色身軀散發出閃耀的七彩光芒。

彩虹……

小結這麼心想的同時，一切被黑暗徹底吞噬。一片黑暗之中，小結感覺到身體逐漸浮起，不知自己將前往何處？

小結的身體不停地往上升。

不停、不停地往上升——

上浮的速度愈來愈快。

最後，小結張開眼睛清醒過來。

天亮了

雙層床上方的熟悉天花板。隔著窗簾透進屋內的淡淡晨光。兩張並排在一起的書桌，以及桌上的鬧鐘。

每天生活的日常房間光景，映入小結的眼簾。

雙層床的下鋪傳來小匠的聲音：「這裡，是真實世界？」

小匠似乎也已經清醒過來。

小結在床上挺起身子後，讓心情平靜下來後豎起順風耳。

小結聞到從枕頭套飄盪出來的洗衣精氣味、滲入夏日涼被的陽光

香氣，書桌上也飄來教科書、筆記本以及橡皮擦的氣味。更重要的是，小結確實感受到下鋪傳來小匠的氣味以及溫度。

每種氣味都有根源。每種氣息也都具有實體。不論是氣味還是氣息，都找得到源頭。

「這不是夢境。」

小結對著下鋪的弟弟宣告。

「放心，這裡是真實世界。我們總算脫離那座夢中森林了。我們回到家裡了。」

小結看了桌上的時鐘一眼，發

現還在星期六的早晨五點四十分。

不過，不能在這裡悠哉發呆。必須立刻確認一些事情才行。

小萌是否也脫離夢中森林，平安回到家了？夜叉丸舅舅是否平安無事？

小結和小匠爭先恐後地爬出被窩，急忙前往媽媽、爸爸和小萌入睡的和室進行確認。

小萌確實已經從夢中醒來。

和室裡瀰漫著小萌、爸爸和媽媽的氣味，讓小結再次確認自己並非身處夢境。小結幾人真的回到家了！大家終於回到真實世界裡的自己的家了！

小結和小匠鬆了口氣後，搖醒爸爸和媽媽，抓重點地向睡眼惺忪的兩人說明夢中世界發生過的事情。

聽了說明後，媽媽立刻傳送念力到狐狸山，齋奶奶和鬼丸爺爺也決定前往熊野的森林把夜叉丸舅舅接回來。

一場大騷動在六點半左右終於告一段落，但大家早就睡意全失，沒有人想再鑽回被窩睡覺。於是，大家各自喝起咖啡和柳橙汁，聚在客廳裡聊天。大家都想好好聊一聊夢中森林裡發生過的事。

不可思議地，小匠和小萌完全不記得自己變身成小狗和烏鴉時發生過什麼事。小萌更是離譜，她只記得自己越過石橋進到甜點屋後，與漢賽爾和葛麗特一起吃了點心。小萌果然在一腳踏進夢中森林後，便立刻變身成烏鴉，所以完全不記得在那之後的一切事物。

小結代替小匠和小萌描述了在夢中森林的整個來龍去脈。當然了，小結沒忘記提起烏鴉小萌和小狗小匠的英勇表現。

得知自己變成烏鴉的事實後，小萌顯得頗為開心。

「我變成烏鴉了啊？黑色烏鴉嗎？好好喔——」小萌笑咪咪地發表莫名其妙的感想。

「小萌真的是表現得可圈可點。變成小狗的小匠也是。夜叉丸舅舅變成狐狸後，還是老樣子，一點也不可靠。」小結說道。

小結描述到夢魔為了欺騙小結幾人，甚至變出爸爸、媽媽和小萌的幻影，也出現過夜叉丸舅舅和門前町奶奶的幻影時，爸爸和媽媽都驚訝地瞪大眼睛。

「奶奶的幻影才誇張，她的臉一直變形，最後變成大野狼的臉。還跟我說：『奶奶這眼睛是為了好好看清楚小結的長相喔！』」

「好可怕！」小萌緊緊抱住媽媽說道。

「聽起來怎麼有點像《小紅帽》的故事。」爸爸說道。

「作夢這件事本來就是因為內心留下什麼強烈印象，或當時有什麼情緒之類的，才會受到影響而作夢，對吧？」

媽媽切入話題說道。

「因為這樣，夜叉丸哥哥的夢和小結、小匠、小萌的夢連在一起

時，夢中世界裡才會出現童話故事的記憶。畢竟小萌這陣子一直在看繪本，小結和小匠也陪著小萌老是讀相同的故事。應該就是因為這樣，夢裡才會出現《糖果屋》裡的漢賽爾和葛麗特，或是《老鼠與飯糰》、《小紅帽》這些故事裡的情節吧。說起來，童話故事的世界本來就有點像夢中的世界。」

「為什麼舅舅的夢會跟我們的夢連在一起，爸爸和媽媽的夢就沒有？」

小匠感到不可思議地問道。爸爸開口說：

「應該是因為磁場相當契合吧？可能是夜叉丸舅舅和你們幾個的磁場完全相同，所以就連在一起了。」

「咦？為什麼？我們哪可能跟舅舅的磁場相同！」

小結板起臉瞪著爸爸說道。小結沒料到爸爸竟然會說她們與吊兒啷噹的舅舅磁場相同。爸爸一臉彷彿在說「糟糕」似的表情。

媽媽則是一副像在問「還有其他意見嗎？」的模樣注視著小結和小匠，幾經思考後開口說：

「搞不好是庚申塚的關係也說不定。我認為與其說你們是被舅舅拉進夢中世界，或許應該說是舅舅被逃跑出來的夢魔附身，然後夢魔開始使壞，所以出現一股想要封印夢魔的力量，最後那股力量把你們拉進那個世界。」

「為什麼會選上我們？」

小結感到難以接受而詢問媽媽。

媽媽依序看了小結、小匠和小萌一眼後，緩緩回答：

「庚申的守護神名叫青面金剛。青面金剛的使者是三申……也就是三隻猴子。就是人家說的不看、不聽、不說的三不猴。因為這樣，庚申塚才會立著刻上這三隻猴子的石碑。夜叉丸哥哥不是也跟你們說過嗎？熊野森林裡倒掉的那棵櫻花樹旁邊的石塊上，刻有三隻猴子的雕像。那三隻猴子各自用手遮住眼睛、嘴巴和耳朵。關於三隻猴子，其實還有另一個傳說。」

「……啊。」小結輕叫一聲後，搶先媽媽一步說出從記憶裡浮出的傳說：「猴子之所以會遮住眼睛、嘴巴和耳朵，是因為牠們的眼睛看見太多、嘴巴講太多話、耳朵聽見太多……是這樣的傳說，對吧？這跟我們三姊弟妹擁有看見太多的『時光眼』、聽見太多的『順風耳』，以及講太多的『魂寄口』一樣……所以，我們三個就是『三申之子』……我們三個以前曾經被青面金剛招喚，從五斗櫃的抽屜被拉到三申山，對吧？意思是……意思是這次也是因為我們是三申之子，所以又被青面金剛招喚？」

媽媽再次環視小結三人一遍後，開口說：

「總之，封印夢魔的那個地方存在著守護庚申塚的力量。至於那力量到底是來自青面金剛？還是死去的公主靈魂？或者是熊野那塊土地自古就受到祭拜的神明？這媽媽也不知道答案。搞不好是很多力量集結在一起，共同守護著庚申塚的封印也說不定。我猜在夢魔開始採取行動時，那股力量也動了起來。你們不但跟被夢魔附身的夜叉丸舅舅有關係，也跟青面金剛的使者『三申』有關係。應該是這個緣分把你們三個人的夢境和舅舅的夢境連結在一起。」

「那麼……意思是在夢中救了我們的那股力量，是一直守護著庚申塚的力量？」小結再次發問。

媽媽點頭說：「應該是吧。」

「可是……」

小結還是想不通，於是又開口詢問：「為什麼會出現紅色毛線球和黑貓？為什麼毛線球會為我們帶路，讓我們找到裝滿白灰的甕子？這明明跟神明和公主一點關係也沒有，怎麼會突然在夢裡出現？」

「嗯——」媽媽也感到納悶。

「對啊，為什麼會出現喔？出現裝滿白灰的甕子這部分還算是能夠理解……」

「為什麼？」

小匠激動地問道。媽媽瞥了小萌一眼後，才開口說：

「剛才我摺棉被時，發現小萌的枕頭底下有本《開花爺爺》的繪本。我以為昨天晚上都把繪本收好了，沒想到小萌拿了一本放在枕頭底下。

你們也知道的，人們從以前就會為了新年時可以作好夢，刻意在枕頭底下放七福神的圖畫，對吧？也有一種法術，就是只要把自己想夢見的事物寫在紙上，或是把想在夢裡見到的人的照片放到枕頭底下，就能夠如願夢見想夢見的東西。也就是說，藏在枕頭底下的東西，能夠在夢裡發揮好的影響力。

不論是小匠變成小狗挖出甕子，還是只要撒上甕子裡的白灰就會開出櫻花的情節，都是《開花爺爺》裡面會有的情節，不是嗎？應該是試圖封印夢魔的那股力量準備要幫助你們的時候，枕頭底下的那本繪本發揮力量讓甕子和白灰在夢裡出現，然後以開出櫻花的形式幫助你們打擊夢魔。

不過，會出現紅色毛線球和黑貓究竟是怎麼回事呢？這部分媽媽也聯想不到什麼。應該沒有那樣的童話故事吧？」

「我知道了！」小結說道。

「知道什麼？」

小匠立刻反問道。

小結迎上大家集中過來的視線，開始說明：「我也在枕頭底下放了東西！就是多虧了那東西，才會出現黑貓和毛線球！我放了日記本。就是門前町奶奶買給我的日記本封面！那封面有黑色小貓在玩紅色毛線球的插畫！我現在才想起來我把那本日記本放在枕頭底下！」

「呿！」小匠嘟起嘴巴說：「早知道我也應該把漫畫放到枕頭底下！這麼一來，搞不好漫畫裡的角色就會跑出來救我們。」

小匠說話時打從心底感到遺憾。

小結一邊回想在夢中森林裡滾落在地的紅色毛線球以及坐在樹下的黑貓，一邊開口描述夢中森林故事裡的最後情節：

「我那時把毛線球用力往上丟，結果丟不到夢魔藏身的樹枝高度，卡在下面的樹枝上。後來我看見毛線球的線頭垂下來，就想要拉那條線，沒想到那條線變成一條紅蛇，在樹上一直往上爬去。」

紅蛇纏繞到目標樹枝後，一隻小蟲從那根樹枝飛出去。於是，紅

蛇在空中游來游去，追著到處飛的小蟲。後來，紅蛇把長得像小小吉丁蟲的夢魔一口吞下肚；小結把這些經過全部描述給大家聽。

聽完小結的描述後，媽媽開口說：「夜叉丸舅舅說的那個從八咫烏鴉那裡聽來的夢魔傳說，媽媽以前也曾經聽齋奶奶提起過。很久以前，熊野的神社祭司跑進京城的公主夢裡，並準備對付夢魔時，據說夢中出現一條白蛇把夢魔吞進肚子裡。後來，那條蛇變成七彩的彩虹顏色，一直往天上爬去。也有其他傳說提到蓋在熊野森林深處的庚申塚，原本其實是蓋在往天上爬去的彩虹蛇根部的一座墳墓。

公主死了之後，人們就在那座墳墓上面建蓋庚申的石塔，並且種了櫻花樹。」

小結想起夜叉丸舅舅變成狐狸的前一刻說出「蛇」這個字，心想或許舅舅當時就是想傳達這件事。

「都只有小萌愛看的繪本裡的角色，還有姊姊的日記本的角色出現，太不公平了啦！為什麼就沒有出現我看的漫畫裡的角色？」

小匠又嘟嘟噥噥地發起牢騷。

小結皺起眉頭說：「要是漫畫裡的角色出現，搞不好會害我們被怪物追著到處跑。」

「搞不好怪物會幫我們也說不定啊！」小匠說道。

「說故事給我聽！」小萌突然提出要求說道。不知道哪段話觸動了小萌的「說故事攻擊」模式。

小萌準備起身去拿繪本時，爸爸急忙出聲制止：「小萌，繪本等晚上要睡覺的時候再看吧。我們今天有很多事情要做。」

「什麼事情？」小萌詢問爸爸。

「呃……就是那個……」為了設法逃過小萌的攻擊，爸爸輪流看向大家，以眼神發出求救訊號。

媽媽向爸爸伸出援手說：「對啊，小萌，我們今天要去新開的蛋糕店喔！妳不是也看到過嗎？就是寫著『屬於你我城市裡的甜點屋』的那家新開的蛋糕店啊！」

「真的嗎？」

小萌一副興奮的模樣瞪大著眼睛。

「我們真的要去蛋糕店嗎？真的要去新開的蛋糕店？」

「要去啊！當然要去！」爸爸承諾。

「我要吃巧克力蛋糕！」

小匠做出宣言。

「人家也要！人家要吃草莓蛋糕！」

「在那之前，吃飯時間到了喔！」媽媽說道。

真的回到家了！

小結一邊環視氣氛熱鬧的客廳，一邊暗自感慨。

終於回到可愛的家了！終於脫離夢中森林，回到家裡來了！好漫長的一個夜晚啊！

12 大消息

這天，小結全家人一起出門去到商店街新開的「甜點屋」，各自買了自己喜歡的蛋糕回家。

比起插畫中的童話故事甜點屋，真實的「甜點屋」現代許多。不過，註冊商標的三角形屋頂和小煙囪就跟插畫一模一樣，讓小萌看得欣喜不已。店裡賣的蛋糕也非常好吃，所以小結也相當滿意。當然了，即使吃下蛋糕，也沒有任何人變成動物。畢竟惡夢已經結束了。

這天傍晚，小季帶來夜叉丸舅舅安然無恙的消息。

小季是媽媽的妹妹，也就是小結幾人的阿姨，但如果稱呼小季「阿姨」，她就會當場翻臉，所以小結幾人都叫她小季。

媽媽和爸爸帶著小萌去到位在國道旁的超市買晚餐食材，小結和小匠則是待在客廳裡看家。這時，小季突然現身。

「夜叉丸舅舅平安無事。夢魔也已經被齋奶奶牢牢地再封印回去庚申塚，所以沒什麼好擔心的了。舅舅要我幫他問候你們一下。」

小結從向朋友借來的漫畫書上抬起頭看向小季，小匠則是握著電視遊戲機的遙控手把轉頭看向小季。

小季這天的裝扮比平常更加花費心思。不論髮型也好，服裝也好，簡直就像從時尚雜誌裡走出來的一樣。小季一身名模般的裝扮突然在客廳裡現身，並且唐突地傳達夜叉丸舅舅的訊息，小結和小匠不禁發愣地注視著小季好一會兒。

「夜叉丸舅舅順利從夢裡逃出來了嗎？他平安無事，是嗎？」

總算重新打起精神後，小匠開口問道。小季玩弄起頭髮，一副不感興趣的模樣點點頭說：「沒事、沒事。聽說爺爺和奶奶在熊野的森林裡找到他的時候，他整個人虛弱到像隨時可能斷氣的樣子，但後來三葉來照顧他之後，就突然變得生龍活虎，現在兩個人完全就是熱戀中的樣子。」

「咦？熱戀中？」

小結皺起眉頭，陌生的名字讓她忍不住歪著頭詢問：

「三葉是誰？」

小季一副嫌麻煩的模樣回答：

「三葉是夜叉丸哥哥的女朋友，也是我的朋友。」

小結和小匠驚訝地互看彼此。小匠立刻開口發問：

「她就是夜叉丸舅舅想要送五月雨草的對象？舅舅最後明明沒有找到五月雨草……明明如此，兩個人卻熱戀中？」

小季輕輕聳了聳肩膀後，滿不在乎地說出令人訝異的事實：

「唉喲？你們不知道嗎？世上本來就不存在五月雨草的花。」

「什麼？這是怎麼回事？」

小匠瞪大眼睛反問後，小季表情做作地說明：

「夜叉丸哥哥展開熱情的追求，讓三葉覺得很頭痛，所以我就教了三葉一個拒絕的好方法。我叫三葉跟你們舅舅說：『如果你能摘到世上罕見的五月雨草的花來送我，我就答應跟你約會。』不過，事實上根本就不存在那種花。這麼一來，就算想送花也送不了，對吧？我心想只要時間久了，他應該就會死心。」

看見小季一臉得意的表情，小結感到難以置信而忍不住開口問：

「妳這麼做不會覺得良心不安嗎？」

「妳說這什麼話！」

小季憤慨地立刻反駁小結說：「那妳說啊，如果換成是妳，妳會怎麼做？假設夜叉丸哥哥熱情追求妳的朋友時，妳會怎麼跟妳朋友說？應該會說『我勸妳不要』吧？那傢伙吊兒啷噹、懶惰散漫又愛說謊，不覺得要是真的跟那種亂七八糟的傢伙交往，絕對沒好事嗎？」

小結找不到反駁的話語，說話變得吞吞吐吐：

「這個嘛……怎麼說呢……確實會這麼想沒錯。」

小匠從旁吐槽一句：

「姊姊，這時候應該要否定吧……」

「可是……」小結試圖反駁小匠，卻又吞吐起來。

這時，小季迅速插嘴說：「看吧——妳果然也會跟我有一樣的想法！根本不可能會想把哥哥推薦給朋友。因為這樣，我才會幫三葉想了可以閃過哥哥追求的方法。這是一個好朋友的親切舉動吧？明明如此，為什麼我卻要受到良心的苛責？」

小季不悅地別過臉去，小結不由得輕輕嘆了口氣。

小匠再次發問：「可是，最後舅舅跟那個……呃……三葉對嗎？舅舅跟那個叫三葉的狐狸變成熱戀中的男女朋友，不是嗎？」

小季顯得不開心的表情點頭說：「沒錯。我傻眼到不行，虧我苦口婆心地勸了三葉那麼久……三葉說夜叉丸哥哥願意為了她賭上性命去尋找幻想世界裡的花，讓她感動得不得了，因為這樣就愛上了哥哥。三葉自己主動說要照顧他，還一直陪在他身邊。他們兩個在那邊打情罵俏的樣子實在有夠肉麻的，我都快看不下去了。」

「是喔——」小匠意味深長的模樣嘀咕道。

「舅舅一天到晚被甩，現在竟然交到女朋友，還熱戀中啊……好想看一眼喔……不知道舅舅的女朋友長什麼樣。」

「不能這樣下去。」小季突然以堅決的口吻說道。

「你們舅舅交到了女朋友，我卻沒有男朋友！我得趕快找到個好男人才行！哎呀，好忙、好忙啊！」

說罷，小季的身影突然從客廳裡消失不見。

小結再次嘆口氣後，注視著小季原本現身的地方說：

「難怪小季今天會穿得那麼花枝招展。原來小季是看到夜叉丸舅舅比自己更早交到女朋友，所以心急了。」

「不知道三葉是個什麼樣的人……不對，不知道是個什麼樣的狐狸喔？妳能想像舅舅跟女生熱戀的樣子嗎？」

被小匠這麼一問，小結思考了一下後，搖搖頭說：

「不能。完全不行。我完全想像不出那畫面。夜叉丸舅舅竟然交得到女朋友……」小結輕笑一聲說道。

小匠也笑著說：「不知道長得可不可愛？不知道溫不溫柔？搞不好意外是個狠角色，然後舅舅完全對她百依百順之類的……」

「誰知道。」

小結覺得好笑地搖搖頭說道。

「不過，重要的是那不是作夢，而是真實的。真的是會被舅舅打敗，他遇到那麼多倒楣事，還差點永遠離不開夢境，但最後竟然交到真實存在的女朋友。這樣一場惡夢也算是值得了吧？」

「有道理。」

看見小匠露出壞心眼的笑容，小結也微笑地與小匠互看彼此。

就這樣，夜叉丸舅舅、小結、小匠和小萌都從夢中森林，平安無事地回到現實世界。

這天晚上，小結在上床睡覺之前，寫了日記。奶奶送的日記本封面上，可看見那隻穿著白襪子的黑貓在玩紅色毛線球。

小結的日記開頭是這樣寫的：

「親愛的皮皮，我今天千辛萬苦地熬過了一天。或許不應該説是今天，怎麼説呢，最辛苦的部分就是在清醒過來之前，一直在夢裡度過的那段時間……我和小匠還有小萌被拉進夜叉丸舅舅的夢裡，我們所有人差一點就永遠離不開那場夢！皮皮，你一定也知道夢裡發生過哪些事吧？畢竟就是你幫助我們度過了危機……」

奶奶送日記本給小結時曾經給過小結建議，小結決定聽從建議，每天抱著對日記本封面的黑貓說話的心態寫日記。

奶奶給的建議就是「抱著像在跟好朋友說話的心態寫寫看」。

小結替封面的可愛黑貓取了名字，但沒有人知道。

受到童話故事《長襪皮皮》的影響下，小結替穿著白襪子的黑貓也取名為「皮皮」。

這個名字是只有黑貓和小結才知道的祕密。

這天晚上，寫完好長一大篇日記後，小結準備把日記本放進書桌可以上鎖的最上層抽屜時，思考了一下。

「姊姊，妳還不睡嗎？快關掉日光燈啦！」

小匠一副發睏的模樣，從雙層床的下鋪投來抱怨話語。

「喔，抱歉，我馬上關燈。」

小結急忙關掉書桌上的檯燈。

房間裡變得一片黑暗之中，小結輕聲爬上雙層床的梯子。小結把捧在胸前的日記本塞進枕頭底下後，鑽進被窩裡。

在柔和的黑暗之中，被柔軟蓬鬆的棉被裹住身體後，小結一下子便眼皮沉重起來。

希望可以在夢裡與皮皮相見。

小結這麼祈禱後，緩緩墜入舒服的夢鄉。

後記

《人狐一家親！》系列的第十一集是在描述夢中森林的故事。

從以前，我就一直很想寫一個屬於夢中世界的故事。為什麼會有這樣的想法呢？因為我自身也經常作一些奇奇怪怪的夢。上次我夢見和狸貓一起搭夜間巴士去到道後溫泉遊玩，也作過拚命說服德川家康不要吃天婦羅的夢。因為有一說法指出德川家康是因為吃了天婦羅而喪命的，所以我出於好心提出忠告，哪知道夢裡的家康卻不肯聽我的勸告。真是傷腦筋啊！

小時候，我只要一發燒就一定會作同一個惡夢。我會夢見自己的頭被吸進巨大削鉛筆機裡一直轉個不停。因為已經很熟悉這個夢，所以每次夢見時，我都會心想：「唉——又來了！」儘管知道自己正在作惡夢，卻還是沒辦法清醒過來。即使是過了幾十年，我還是忘不了那種想脫離夢境卻脫離不了的感覺。

大家都一樣，沒有人會想要作惡夢。所以，世上流傳著各種驅除惡夢的法術。比方說睡覺時戴上孔雀石等具有驅魔力量的能量石，或是把食夢貘的圖像壓在枕頭底下之類的。

江戶時代很流行解夢，依照新年初夢的好壞，占卜能否度過幸運的一年，當時平民間也興起這樣的風俗。據說只要在七福神乘坐寶船的圖畫寫上「漫漫長夜的沉睡人們乘船聆聽美妙的甦醒浪聲」，再放到枕頭底下睡覺，就可以作一場好夢。這樣的做法也可算是一種讓惡夢遠離、引來好夢的驅除惡夢法術。

這次的故事，小結在夢中森林呼喚聲中，以及三申之緣的引導下，不慎闖進夢魔藏身的世界。所謂三申是指三隻猴子。擁有狐狸家族能力的小結幾人，以前也曾經誤闖一座名為三申山的奇妙山脈，有興趣了解當時發生什麼事的朋友，歡迎閱讀《人狐一家親！》系列的第二集《樹之語與石封印》！

第十集出版後隔了好一段時間沒有推出續集，所以聽到一些擔心的聲音：「《人狐一家親！》系列故事已經完結了嗎？」請放心，信田家的故事還會繼續下去。下一回搞不好有機會見到夜叉丸舅舅的女朋友喔！

富安陽子

國家圖書館出版品預行編目資料

人狐一家親11：夢中的森林茶會／富安陽子著；大庭賢哉繪；林冠汾譯. —— 初版. —— 臺中市：晨星出版有限公司，2024.02
面；　公分. ——（蘋果文庫；156）
譯自：シノダ！指きりは魔法のはじまり
ISBN 978-626-320-743-1（平裝）

861.596　　112021657

填回函，送Ecoupon

蘋果文庫 156
人狐一家親11：夢中的森林茶會
シノダ！夢の森のティーパーティー

作者　富安陽子
繪者　大庭賢哉
譯者　林冠汾
編輯　呂曉婕
美術編輯　黃偵瑜、呂曉婕
文字校潤　呂昀慶、呂曉婕
封面設計　鐘文君

創辦人　陳銘民
發行所　晨星出版有限公司
台中市 407 工業區 30 路 1 號
TEL:(04)23595820　FAX:(04)23550581
E-mail:service@morningstar.com.tw
https://star.morningstar.com.tw
行政院新聞局局版台業字第 2500 號
法律顧問　陳思成律師
初版日期　西元 2024 年 02 月 01 日
讀者服務專線　TEL:（02）23672044 /（04）23595819#212
讀者傳真專線　FAX:（02）23635741 /（04）23595493
讀者專用信箱　service@morningstar.com.tw
網路書店　https://www.morningstar.com.tw
郵政劃撥　15060393（知己圖書股份有限公司）
印刷　上好印刷股份有限公司

定價 330 元
ISBN 978-626-320-743-1